검은 말

일러두기

- 번역 대본으로는 『검은 말*Конь вороной*』(레닌그라드 프리보이 출판사, 모스크바 국영 출판사, 1924)을 사용했습니다.
- 모든 주석은 옮긴이의 주입니다.
- 단행본 및 정기간행물은 『 』, 그림, 영화, 희곡, 음악의 제목은 〈 〉로 구분했습니다.
- 러시아어의 고유명사와 도량형의 표기는 국립국어원의 외래어 표기법을 따랐습니다. 그러나 д[d]와 т[t] 뒤에 и[i], ю[yu], я[ya], ё[yo] ь[′]가 올 경우 음가가 각각 з[z]와 ц[ts]로 바뀌는 러시아어 구개음화 현상은 예외로 하여 현지의 발음에 가깝게 했습니다.(예: 페댜→페쟈) 단, 영어를 비롯한 외국어에서 차용된 외래어는 구개음화를 따르지 않았습니다(예: 파르티잔). 또한 e와 э가 맨 앞에 올 경우 모두 [ye]로 한다는 조항도 예외로 하여 e는 [ye]로, э는 [e]로 구별해서 표기했습니다(예: 예고로프, 엘렌).
- 작품에서 인용되는 성서 구절은 대한성서공회가 간행한 『성서』(공동번역 개정판, 1999)에서 인용하되, 다른 판본을 인용할 경우 각주에 별도로 표시했습니다.

검은 말

Конь вороной

보리스 빅토로비치 사빈코프 지음

연진희 옮김

B:

러시아 이름과 등장인물에 관하여

 러시아의 남자 인명은 '이름, 부칭(아버지의 이름+-예비치/-오비치), 성'으로 표기한다. 여성의 부칭은 '-예브나/-오브나'로, 성은 '-야/-아야'로 표기한다. 단, 기혼 여성인 경우 아버지의 성 대신 남편의 성에 '-야/-아야'를 붙인다.
 부칭의 접미사를 결정하는 것은 아버지 이름의 마지막 음가다. '-이'로 끝나는 이름에는 '-예비치/-예브나'(예: 아버지가 니콜라이인 경우 아들의 부칭은 니콜라예비치, 딸의 부칭은 니콜라예브나가 된다)를 붙이고, 자음으로 끝나는 이름에는 '-오비치/-오브나'(예: 아버지가 이반인 경우 아들의 부칭은 이바노비치, 딸의 부칭은 이바노브나가 된다)를 붙인다. 단, '-야'로 끝나는 이름에는 '치/-니치나'(예: 아버지가 일리야인 경우 아들의 부칭은 일리치, 딸의 부칭은 일리니치나가 된다)를 붙인다. 가까운 사이에서는 '-예비치/-오비치' 대신 '-이치'(예: 니콜라예비치를 니콜라이치라고 줄여 부른다)를 붙이기도 한다.
 아버지나 남편의 성이 자음으로 끝나면 여성의 성은 '-아'(예: 체체린의 아내나 미혼의 딸은 체체리나라는 성을 갖는다)가 되고, 모음으로 끝나면 '-아야'가 된다(예: 코즐롭스키의 아내나 미혼의 딸은 코즐롭스카야가 된다).
 러시아에서는 이름을 부르는 방식에 따라 대화의 상황이며 발

화자가 상대에게 느끼는 친밀감이나 거리감을 짐작할 수 있다.

공적인 자리에서는 성만 부르거나 이름과 성을 부른다. 사적인 자리에서 정중함과 적절한 친밀감을 표현하고 싶을 때는 이름과 부칭을 함께 부른다. 가족이나 친구, 연인 같은 아주 친밀한 사이에서는 이름이나 애칭을 부른다. 다만, 귀족 사회에서는 부인이 남편을 부를 때 이름과 부칭을 함께 부르는 것이 적절한 예법으로 여겨졌다.

제정러시아 시대에는 지금의 우크라이나(소러시아라 일컬어짐)와 벨라루스(백러시아라 일컬어짐)도 러시아 황실의 지배를 받긴 했지만 이 지역의 주민들은 러시아와는 조금 다른 규칙에 따라 부칭과 성을 만들었다. 따라서 위와 같은 규칙에 부합하지 않는 이름은 우크라이나나 벨라루스 출신이라고 보면 된다.

이 소설의 화자이자 일기 속의 '나'는 성이 알려져 있지 않다. '나'가 적군에게 보내는 포고문의 서명에도 '성'은 기입되어 있지 않고 '서명'이라고만 표시되어 있다. '나'의 성을 숨기는 것이 작자의 의도로 보인다. 그리고 브레제만 '나'를 '유리 니콜라예비치'라며 이름과 부칭으로 부를 뿐 다른 부하들은 '대령님'이라고만 부른다. '나'의 옛 연인인 올가는 그를 가명인 '조지'로 부른다.

'나'는 '페쟈'(정식 이름은 표도르 표도로프 모셴킨)만 애칭으로 부를 뿐 다른 모든 부하들은 귀족이건 평민이건 성으로 부른다. 또한 옛 연인은 '올가'라는 이름으로 부르고, 녹색군이 된 후 농촌에서 교제한 여성에게는 '아그라페나'와 '아그립피나'의 애칭인 '그루샤'라는 호칭을 사용한다.

각 등장인물들이 서로를 다양한 방식으로 부르는 이런 러시아 소설에서는 작명법과 호칭 사용법이 상대를 대하는 등장인물들의 심리를 이해하는 데 중요한 열쇠가 된다.

목차

러시아어판에 붙이는 서문 10

검은 말
　　　1부 15
　　　2부 65
　　　3부 119

역자 해설: 기나긴 침묵의 세월을 넘어 167
작가 연보 185

러시아어판에 붙이는 서문

이 중편소설은 내가 1923년에 외국에서 쓴 것이다. 내가 직접 겪은 일, 또는 다른 사람들이 내게 들려준 일을 기록했다. 이 중편소설은 전기도 아니지만 허구도 아니다. 처음에 나는 이 소설에 '페쟈'[1]라는 제목을 붙이려 했다. 페쟈가 이 소설의 주인공이라고 생각하기 때문이다. 자신이 왜 볼셰비키와 싸우는지도 모르면서 그들을 증오하는 페쟈는 모든 전선에, '백군'의 전군에, '녹색군'의 모든 부대에, 모든 비밀 조직에 어디나 있다. "우리가 무엇을 위해 싸우는지 모르겠다"라는 그의 말은 그 사람으로 구현되었다……. "무엇을 위해 싸우는지 모르겠다"라는 이 말은 조지도 지배하고 브레제도 지배한다. "러시아를 위해서……." 하지만 어떤 러시아를 위해서란 말인가? "이쪽이나 저쪽이나 다들 우리가 아닌가……." 오직 예고로프 혼자 무엇을 위해 피를 흘리는지 확실히 안다. 하지만 예고로프는 완전히 과거에 있다. 그에게는 러시아에 탄생한 새로운 삶이 낯설다.

물론 주관적으로는 모두가 옳다. '적군'도 옳고, '백군'도 옳고, '녹색군'도 옳다. 그래서 난 이 중편소설의 제목을 '페쟈'가 아닌 '검은 말'로 정했다. "그리고 보니 검은 말 한 필이 있고 그 위에

---

1 표도르의 애칭.

탄 사람은 손에 저울을 들고 있었습니다." 그들은 저울을, 즉 흔들리지 않는 저울을 들고 있다. 저울판이 흔들리지 않는 것은 조지든 브레제든 페쟈든 자신이 무엇을 하는지 모르기 때문이다.

하지만 객관적으로 이쪽이든 저쪽이든, 즉 적군이든 그들의 적이든 다 옳은가. 이 물음에 대해 나의 중편소설은 직접적인 대답을 주지 않는다. 하지만 답은 명확하다. 민중, 수백만의 농민과 노동자 들은 조지와도 함께 있지 않고 심지어 그루샤와도 함께 있지 않다.

그리고 주관적으로는 흔들리지 않는 저울, 이것은 객관적으로는 노동하는 민중의 삶과 평안을 위한 '마지막이자 결정적인' 투쟁이 놓인 저울판으로 기운다. 즉 조지의 저울판으로는 기울지 않는 것이다.

Б. 사빈코프(В. 롭신)
1924년 9월,
깊은 감옥.[2]

---

2 внутренняя тюрьма. 직역하면 '내부 감옥' 혹은 '숨겨진 감옥'이라는 뜻이다. 사빈코프는 1924년에 체포되어 1925년에 죽기까지 모스크바의 루뱐카 감옥에 갇혀 있었다. 그곳에 '내부 감옥'이라는 수감 시설이 별도로 있었는지는 확인되지 않는다. 다만 사도행전 16:24에 바울로가 필립비에서 치안관에게 매질을 당하고 깊은 감옥에 갇히는 장면이 나온다. 영어 성경에는 이 깊은 감방이 'inner prison'으로, 러시아어 성경에는 'внутренняя темница'로 표현되어 있다('темница'에는 '감옥'과 '어둠'이라는 뜻이 있다). 우리말 공동번역 성서에는 '깊숙한 감방'으로, 표준새번역 성경에는 '깊은 감방'으로 번역되었다. 사빈코프는 자신의 소설에 성경 구절을 많이 인용하던 작가였기에 자신의 처지를 바울로에 비교하여 자신이 있는 곳을 사도행전에 나오는 '깊은 감옥'으로 표현한 듯하다.

검은 말

…… 그리고 보니 검은 말 한 필이 있고 그 위에 탄 사람은 손에 저울을 들고 있었습니다.

—요한의 묵시록 6장 5절

…… 자기의 형제를 미워하는 자는 어둠 속에 있으며 어둠 속에서 살아가기 때문에 그 눈이 어둠에 가려져서 자기가 어디로 가는지 알지 못합니다.

—요한의 첫째 편지 2장 11절

검은 말

1부

11월 1일

자고 싶은 마음이 간절했지만 꾹 참고 나자렌코를 데려오라고 명령했다. 키가 큰 나자렌코가 챙 없는 노란 모자를 쓰고 들어와 문지방에 부동자세로 섰다.

"앉아."

"서 있겠습니다, 대령님."

"여기 내 앞에 앉아."

그는 예의를 차리느라 문가에서 잠시 머뭇거렸다. 그러고는 의자 모서리에 걸터앉았다.

"자네는 푸칠롭스키 공장의 노동자지?"

"그렇습니다."

"내가 자네를 '레닌' 장갑 열차에서 잡았지?"

"그렇습니다."

"내가 그때 뭐라고 했나? 말해봐."

그는 곰곰이 생각하다가 눈을 들었다.

"대령님은 누구든지 이 부대에 들어와도 좋다고 하셨습니다. 하지만 원하지 않는 자는 총살당할 거라고……."

"아냐. 난 이렇게 말했어. '원하는 사람은 우리 부대에 들어와도 좋다. 그러나 배신하는 자는 목을 매달겠다…….' 그렇지?"

"그렇습니다."

"그런데 알고 보니 자네 코뮤니스트더군."

그가 몸을 떨었다.

"자백해. 또 누가 코뮤니스트 세포지?"

"저로서는 알 수 없습니다, 대령님."

"자네에게 무슨 일이 생길지 알고 있나?"
"뜻대로 하십시오."
"좋아. 전령!"

그는 무언가 말하려 했고 심지어 의자에서 몸을 약간 일으키기까지 했다. 그러나 예고로프와 페쟈가 들어왔다.

"전령! 채찍으로 150대 때려!"

그가 끌려 나가자 난 옷도 벗지 않고 침상에 누웠다. 이제 나자렌코도, 얼어붙을 듯한 추위 속의 긴 행군도, 하얗게 서리가 덮인 소나무 숲도, 붉고 노란 거친 수풀도, 삐걱대는 안장 소리도, 밤색 암말 골룹카도 모두 흐릿한 안개 속에 잠겼다. 하지만 벽 너머에서 쌩하는 소리가 들리고 무언가가 털썩 쓰러지더니 강렬하고 규칙적으로 공기가 진동하기 시작했다.

"대령님!"

"마흔둘, 마흔셋, 마흔넷……." 잠이 확 달아났다. 여기에, 남의 집의 후덥지근한 방에 누워 있는 것이 답답해졌다. 이 집은 내가 잘 알지도 못하는 겁에 잔뜩 질린 사제의 집이다. 현관방에서 거친 목소리가 말했다.

"제길, 자꾸 몸을 움직이네……. 페쟈, 머리통을 깔고 앉아."

이 '일'을 하고 있는 사람은 예고로프였다.

11월 2일

예고로프는 프스코프[1] 지방 출신으로 수염이 허옇게 센 농민이다. 구교도[2]인 그는 담배도 피우지 않고, 자신의 식기로 식사를 하며, 율법을 엄격히 지킨다. 15년 전쯤 그는 동생을 질투하다 죽였다. 하지만 그것은 '여자 문제'였고, 여자 문제에는 율법도 없다. 그가 의용군에 들어왔을 때 난 그에게 물었다.

"무엇 때문에 그들을 증오하나?"

"누구 말입니까?"

"코뮤니스트들 말이야."

"그 악마 같은 놈들이요? 어떻게 그놈들을 좋아합니까? 집을 태우고 아들을 죽인 놈들인데……. 개도 자기 새끼는 귀하게 여긴다고요……. 그놈들은 장작더미 위에 올려놓고 태워 죽여야 합니다."

"하지만 백군은 지주들 편이잖아."

"그게 어쨌다는 겁니까? 우리는 지주들의 모가지도 비틀 겁니다."

"언제?"

"곧 때가 오겠죠."

그는 기병 특무상사의 자리까지 올랐고, 자기 직책을 몹시 자랑스러워한다. 그런데 페쟈가 낄낄거리며 그를 두고 귀족들의 앞잡이라고 말했을 때는 허옇게 센 수염을 흔들며 화를 냈다.

"염병할 놈. 그만해. 난 귀족 편이 아니야. 러시아 편이라고."

러시아 편이라……. 그는 전쟁이 일어나기 전에는 틀림없이

---

1 1917년 러시아의 마지막 차르인 니콜라이 2세가 전선에서 기차를 타고 돌아오다가 노동자들의 손에 체포된 곳이다. 이 프스코프 사건은 로마노프 왕조의 종말이자 2월 혁명의 시작을 알린 중요한 사건이 된다.

2 старовер. 러시아정교의 비개혁파. '분리파'라고도 한다. 정교회 수장인 니콘 주교의 개혁안에 격렬히 반대하며 전통적 예배 의식을 고수하려던 구교도는 투옥과 유배의 위협에도 굴하지 않고 집단 자살까지 감행하며 이질적인 관습의 수용에 저항했다.

이렇게 말했을 것이다. "우리는 스코바리[1]다"라고……. 게다가 칼루가 사람들[2]을 알고 싶어 하지도 않았을 것이다. 그런데 이제는 라이플총을 들고 말을 달리며 러시아에서 '악마들'을 몰아내고 있다.

11월 3일

우리가 머물고 있는 시골 마을은 가난하고 지저분하다. 마을은 유사流沙 속에 잠겨 있다. 숲에도 모래, 길에도 모래, 거리에도 모래, 베개에도 모래. 마치 아라비아의 사막에 있는 것 같다. 하지만 사막의 해는 뜨겁기라도 한데 이곳에서는 낮조차 빛을 잃어 납빛을 띠고 끈끈한 가을 눈이 들러붙는다. 그리고 아침마다 지독한 추위가 손가락을 쥐어뜯는다. 우리는 여름 외투를 걸치고 있다. 우리에게는 펠트 부츠가 없다. 손모아장갑도 없다. 어떤 영악한 인간이 후방에서 물자를 훔치고 있다.

마을 광장은 말똥과 흙먼지로 덮이고 보도는 썩었다. 하얀 머릿수건을 쓴 아낙들과 하얀 모피 외투를 걸친 농민들. 유대인들은 거의 눈에 띄지 않는다. 유대인들은 암소와 가재도구를 챙겨 노인과 처자식을 데리고 숲속으로 달아났다. 그들의 눈에 우리는 해방군이 아니라 유대인 학살자에 살인자다. 내가 그들이었다 해도 달아났을 것이다.

유대인 학살, 약탈, 폭행은 더없이 엄중한 명령으로 금지되어

---

1 сковарь. 프스코프 지방의 사람들을 가리키는 구어적 표현.
2 사회주의자들을 빗대어 말하는 표현.

있다. 위반한 자는 사형된다. 그러나 나는 안다. 어제 2기병중대에서 시계와 반지를 건 도박판이 벌어졌다는 사실을, 즈군 기병대위가 유대인의 상점을 약탈했다는 것을, 창기병들[3] 사이에서 외화, 즉 미국 달러가 돌기 시작했다는 것을, 숲속에서 갈기갈기 찢긴 여자 시체가 발견됐다는 것을. 총살시켜 버릴까? 난 이미 두 사람을 총살했다. 하지만 부대의 절반을 총살할 수는 없지 않은가.

나는 글을 쓰고, 식당의 축음기는 끽끽 소리를 낸다. 축음기는 끽끽거리다 숨을 헐떡이더니 자신의 기계적인 허약함을 푸념하듯 또다시 끽끽거린다. 페쟈가 축음기를 고쳐보겠다고 한참 동안 만지작거리다가 결국 버럭 화를 내며 침을 뱉는 소리가 들린다. 그러더니 그가 나지막한 소리로 노래를 부르기 시작한다.

> 러시아 노동자들은
> 열렬히 사랑했노라,
> 트로츠키[4]와 일리치[5]를,
> 그리고 그 밖의 모든 이들을……

---

3 총 대신 창을 소지하는 기병.
4 레프 다비도비치 트로츠키(Лев Давидович Троцкий, 1879–1940). 러시아의 혁명가이자 정치가. 레닌과 함께 1917년 10월 혁명을 지휘했다. 내전기에는 적군을 창설하고 반혁명군을 물리치는 데 큰 역할을 했다.
5 블라지미르 일리치 레닌(Владимир Ильич Ленин, 1870–1924). 러시아의 혁명가이자 볼셰비키의 지도자. 1917년 10월 혁명을 승리로 이끈 후 3년 동안의 내전에서 반혁명군을 물리치며 혁명 정부를 지켜냈다.

11월 4일

페쟈는 화가다. 그는 '일'이 없는 시간에 '그림'을 그린다. 오늘 그는 그런 '그림들' 가운데 하나를 내게 들고 왔다. 그는 자신의 초상화를 그렸다. 똑같이 불처럼 붉은 머리털, 똑같은 납작코, 똑같이 당혹스러워 보이는 눈동자. 한쪽 눈은 총알에 맞아 못쓰게 됐고, 가늘게 뜬 다른 한쪽 눈은 명랑하고 기민해 보인다. 그는 우리 군의 외투가 아닌 영국군의 외투를 입었으며, 코는 정육면체와 오각형 별 모양을 띠고 있다. 그림에는 '코미사르[1] 표도르 표도로프 모셴킨 동무'라는 서명이 있다.

그는 넋을 잃고 자신의 작품을 바라보았다. 그는 황홀한 표정으로 그림에서 눈을 떼지 못한다. 그가 역사를 알았다면 자신을 네[2]나 다부[3]로 상상했을 것이다. 사실 그는 식료품 가게를 운영하던 블라지미르 지방의 소시민이다. 그는 넋을 잃고 실컷 그림을 감상하더니 이렇게 말한다.

"그라모, 그라모, 그라모폰······. 파테, 파테, 파테폰[4]······. 대령님, 이 그림을 전시회에 보낼 수 없을까요?"

---

1 комиссар. 러시아 2월 혁명 후 임시정부가 제정한 직책으로 지방 행정의 수장, 혹은 적군 부대에서 지휘관을 감독하는 총책임자의 역할을 수행했다.

2 미셸 네(Michel Ney, 1769-1815). 나폴레옹의 신임을 받던 프랑스 장군으로 러시아 원정에도 참전했다. 나폴레옹에게 '용자 중의 용자'라는 칭송을 받을 만큼 용맹한 군인으로 알려져 있다.

3 루이니콜라 다부(Louis-Nicolas Davout, 1770-1823). 나폴레옹 전쟁을 통솔한 프랑스군 최고 원수로 나폴레옹에 버금가는 탁월한 전략가이자 명장으로 꼽힌다.

4 그라모폰은 레코드에 홈을 새겨 소리를 녹음하고 바늘을 사용해 재생시키는 축음기고, 파테폰은 보다 단순하게 만든 휴대용 축음기다. 페쟈가 두 단어의 소리를 이용해 말장난을 하고 있는 것처럼 보인다.

11월 5일

 골룹카에 안장을 얹으라고 지시하고 들판으로 말을 달렸다. 오랫동안 서 있던 골룹카는 빗물이 고인 웅덩이를 따라 말굽 소리를 울리면서 호방한 속보로 경쾌하게 달렸다. 구름이 잔뜩 낀 따뜻한 날씨였다. 바람이 획획 소리를 내면서 질주하듯 불었다. 보랏빛을 띤 검은 구름 조각들이 땅 위로 낮게 깔려 있었다.
 나는 드넓은 들판의 광활한 공간을 사랑한다. 멀리 보이는 숲의 푸르스름한 빛, 해빙, 늪지의 안개를 사랑한다. 여기 들판에 있을 때면 나는 깨닫게 된다. 온 가슴으로 깨닫게 된다. 내가 러시아인임을, 농부와 방랑자의 후예임을, 땅에 흠뻑 취한 흑토[5]의 아들임을. 이곳에는 유럽이—빈약한 이성, 흐릿한 열정, 끝에서 끝까지 다 잴 수 있고 다 돌아다닐 수 있는 도로가 없으며 필요하지도 않다. 이곳에는, '눈조차 희지 않은' 이곳에는, 무분별과 광포함과 반란이 있다.
 베레지나 강의 기슭에서 말을 세우고 강을 따라 걸었다. 강은 고요하고 깊게 흘렀다. 황량한 강물이 얇은 살얼음에 덮여 반짝였다. 적갈색의 떨기나무 숲이 눈물을 흘리고, 축축한 풀에 한쪽 발이 미끄러졌다. 부드럽게 걷는 골룹카의 낯짝이 내 어깨에 부딪치곤 했다. 골룹카의 숨소리가 들렸다. 그러자 골룹카, 낮게 드리운 하늘, 베레지나 강, 솨솨 소리를 내는 갈대, 그리고 나 자신이 나눌 수 없는 하나의 전체로, 인식을 초월한 단일하고 폐쇄된 세계로 어우러지는 것 같았……. 그리고 올가가 떠올랐다. 언

---

5 чернозём. 카잔에서 오데사에 걸친 비옥한 토지. 주로 스텝 기후에 분포한다.

젠가 모스크바에서 보았던 그녀의 모습이 떠올랐다. 하얀 옷에 밀짚모자를 쓴 그때의 모습으로……. 올가는 어디에 있을까? 그녀에게 무슨 일이 일어나고 있을까?

11월 6일

러시아는 올가, 올가는 러시아다. 만약 올가가 존재하지 않는다면, 러시아를 향한 내 사랑은 그 깊이를 상실할 것이다. 러시아가 없다면, 올가를 향한 내 사랑은 모든 것을 헤아리는 분별을 잃을 것이다. 올가 없이 러시아에서 사는 것은, 추방된 신분으로 올가와 함께 헤매는 것과 마찬가지다. '유골에 바싹 들러붙어' 부들부들 떨면서 '부러진 날개로' 헤매는 것과 다를 게 없다.

11월 7일

어제 내 숙소의 뜰에서 나자렌코의 교수형이 집행됐다. 그는 자백하지 않았다. 그는 짐승처럼 부엌 바닥에 누워 있었다. 그는 자신이 죽을 거라고 믿었을까?

오전 8시였다. 차가운 태양이 떠올랐다. 밤새 보드라운 눈이 내려 오솔길 위의 모래를 뒤덮었다. 나자렌코가 예고로프와 함께 현관 입구로 나왔다. 그러고 나서 몸을 웅크리고 눈을 가늘게 뜬 채 자작나무 아래에 섰다. 자작나무의 헐벗은 가지 위에 페갸가 말 탄 자세로 걸터앉아 있었다. 거리에는 창기병들이 조용히 무리 지어 서 있었다.

"시작해!"

나자렌코는 깊이 숨을 들이마셨다. 그는 모자도 없이 길이가 짧은 흰 루바시카[1]를 몸에 걸치고 있었다. 목 언저리의 단추는 끌러져 있었다. 예고로프가 그의 배를 쿡쿡 찔렀다.

"마빡에……, 마빡에 성호를 그으라니까, 개새끼야."

난 손가락이 빠르게 움직이고 푸른 입술이 달싹이는 것을 보았다. 그리고 그의 말을 귀보다 몸으로 먼저 느꼈다.

"대령님……, 대령님!"

그러나 예고로프가 험악하게 말했다.

"죽는 법도 모르네. 어디를 보고 성호를 긋는 거야? 동쪽을 보고 그어."[2]

페쟈가 밧줄을 걸었다. 앙상한 무릎이 휘청거렸고, 머리가 아래로 축 늘어졌다. 길쭉한 몸뚱이가 힘없이 흔들렸다. 페쟈가 아래로 껑충 뛰어내려 두 다리를 붙잡고 창기병들에게 소리를 질렀다.

"뭘 보고 있어? 해산!"

11월 8일

경기병[3]인 브레제 중위는 전쟁 내내 전선에 있었다. 그는 기병

---

1 рубашка. 헐렁한 러시아식 상의.
2 동쪽은 그리스도가 탄생한 예루살렘 방향을 가리킨다.
3 기병대의 꽃이라 불리는 병과로 정찰과 방어와 급습의 임무를 수행한다. 기병도

대를 이끌고 철조망을 넘나들다 부상을 입어 게오르기 훈장을 받기도 했다. 코뮤니스트들은 그를 감옥에 가두었다. 그는 탈옥했다. 이제 그는 2기병중대를 지휘한다.

매일 저녁 그는 나를 찾아와 튀르크산[1] 소파에 앉아 담배를 피운다. 엷은 금발, 장밋빛 뺨, 수염 대신 자란 어린아이 같은 솜털, 그는 아직 영락없는 소년이다.

"유리 니콜라예비치, 우리가 왜 이런 촌구석에 있는 겁니까?"

"명령을 받았으니까요."

"곧 진격하게 될까요?"

"명령이 떨어지면요."

그는 가느다란 눈썹을 찌푸린다.

"지겨워요."

"혼자 가지 그래요."

"언제나 날 비웃는군요."

"비웃다뇨? 브레제, 하느님이 당신과 함께하시길……. 난 지겨워지면 떠날 겁니다."

"어디로요?"

"숲으로요."

날이 저물고 저녁샛별이 반짝였다. 창문 너머로 얼어붙을 듯 추운 밤이 찾아들었다. 브레제가 이 구석에서 저 구석으로 서성인다.

외에도 말 위에서 사격하기에 용이한 짧은 기병용 총을 소지한다.

1 사빈코프가 집필하던 당시 러시아를 비롯한 유럽에서 '튀르크'는 '오스만 제국(1299~1922)'을 가리키는 나라명이기도 했고, 그 제국의 백성들과 영토와 언어를 가리키는 명칭이기도 했다.

"우리 가족으로는 세 딸과 두 아들과 장군인 아버지가 있었습니다. 어머니는 오래전에 돌아가셨죠. 리가 부근에 우리의 영지와 장원이 있었습니다. 아버지는 총살당했고, 맏형은 캅카스에서 살해됐어요. 누나들에 대해서는 전혀 모릅니다. 물론, 영지는 폐허가 됐죠……. 그래서……. 아버지와 형을 위해서라도 그놈들을 용서할 수 없습니다……."

"아마 나자렌코에게도 형제가 있었을 겁니다."

"나자렌코에게요? 그래도 그는 코뮤니스트인걸요."

"그럼 당신은 백군입니까?"

"네, 백군입니다. 난 러시아를 위해 싸웁니다."

난 미소를 지었다.

"그리고 장원을 위해서요?"

"장원을 위해서라뇨? 아닙니다……. 장원 따위는 악마가 가져가라 해요. 농부들 손에 넘어간다 해도 난 상심하지 않습니다."

페쟈가 불을 붙인 램프를 들고 들어온다. 유리창의 별들이 사라지고, 마호르카 담배와 등유의 냄새가 풍겼다. 페쟈는 심지를 높이고 기름 묻은 손가락을 식탁보에 닦으며 말한다.

"그자들도 장원을 차지해 사용하고 있을걸요, 중위님……. 그러니 아주 교활한 족속이라는 거죠……."

11월 9일

예고로프의 집은 불타고 그의 아들은 살해됐다. 브레제의 아버지도 살해됐다. 페쟈의 어머니도 살해됐다. 나는 그들이 왜 증오하는지 안다. 하지만 나는 무엇 때문에 증오하는가?

나는 집도, 가족도 없다. 가진 게 없으니 잃을 것도 없다. 그리고 난 많은 것에 무관심하다. 술 취한 대공이든, 귀걸이를 단 술 취한 선원이든, 내게는 야르[1]에 드나드는 사람들이 다 똑같을 뿐이다. 사실 문제는 야르가 아니다. 차르의 관리든 '의식 있는 코뮤니스트'든, 난 누가 '부자가 되거나 말거나', 즉 누가 도둑질을 하거나 말거나 신경 쓰지 않는다. 사실 사람이 빵만으로 살 수는 없지 않은가. 루뱐카[2]든 오흐라나[3]든 어느 권력이 지배하든 내게는 모두가 똑같을 뿐이다. 씨를 제대로 뿌리지 않으면, 수확도 보잘것없는 법이다……. 무엇이 달라졌는가? 달라진 건 말뿐이다. 사람들은 공허함 때문에 칼을 드는 걸까?

그러나 나는 그들을 증오한다. 그들은 전선에서 옷깃을 풀어헤치고 담배를 입에 문 채 러시아를 팔아넘겼다.[4] 이제 그들은 옷깃을 풀어헤치고 담배를 입에 문 채 러시아를 더럽힌다. 그들은 풍습을 더럽힌다. 언어를 더럽힌다. 러시아인이라는 자신의 이름을 더럽힌다. 그들은 동족을 잊은 것을 자랑한다. 조국이란

---

1 Яр. 유흥가.
2 모스크바의 루뱐카에 있는 건물에 볼셰비키의 보안 조직인 체카 본부가 들어섰다.
3 Охрана. 차르의 비밀경찰 조직.
4 레닌은 1차 세계대전에 참전하지 말자는 주장을 펼쳤다. 제국주의자들의 전쟁에 참가하지 말고 오히려 이런 위기를 이용해 국내의 혁명을 완수하자는 것이었다. 레닌의 의견은 사회혁명당, 멘셰비키 등 다른 사회주의자들의 격렬한 반대에 부딪혔다. 그들은 침략군에게서 조국을 지키고 국내의 반동 세력도 함께 견제해야 한다고 주장했다. 마침 러시아와 전쟁을 종식하고자 했던 독일은 볼셰비키의 주장이 힘을 얻도록 비밀리에 재정적 지원을 한다. 케렌스키 내각이 이러한 사실을 폭로하자 레닌은 핀란드로 달아난다. 게다가 10월 혁명 후 볼셰비키 정권은 종전을 위해 독일과 단독으로 브레스트-리톱스크 조약을 체결하는 과정에서 상당한 토지를 독일에게 넘긴다. 볼셰비키를 '나라를 팔아먹는 자들'이라 말하는 부분은 이런 맥락에서 비롯된다.

그들에게 하나의 편견일 뿐이다. 자신들의 소소한 행복을 위해 그들은 남의 유산을 마음대로 매매한다. 그들 선조가 아닌, 우리 선조의 유산을. 그리고 그 몹쓸 놈들이 모스크바에서 주인 행세를 하고 있다.

> 네 루바시카 속의 이가
> 너에게 '넌 벼룩이야'라고 외치면,
> 거리로 나가.
> 그리고 죽어버려!

11월 10일

모스크바……. 모스크바는 내 삶의 시작이자 끝이다. 모스크바가 없다면, 모스크바의 구불구불한 골목길, 구세주 교회, 아르바트 거리, 크렘린 성문이 없다면, 모스크바의 부와 명예와 모욕과 궁핍이 없다면, 조국은 존재하지 않을 것이다. 그것은 곧 나라는 존재도 없을 거라는 뜻이다. '교회의 십자가들이 빛나고, 썰매 날이 눈밭에서 끽끽 소리를 낸다. 아침이면 얼어붙을 듯이 춥고 창문에 서리꽃이 낀다. 그리고 스트라스치[5] 수도원에서 오전 예배를 알리는 종이 울린다. 나는 모스크바를 사랑한다. 모스크바는 나에게 사랑하는 혈육 같은 존재다.'

나는 과연 승리를 믿고 있는가? 후방에서는 무지와 뇌물과 도

---

5 страсть. '고난'을 뜻하는 러시아어.

둑질이 판친다. 날 때부터 눈이 먼 쥐새끼들. 전선에서는 무지와 용맹과 약탈이 위세를 떨친다. 백군 옷을 입은 군인들이 아닌 적을 그대로 닮은 분신들. 하루가 시작되는 것이 두렵다. 우리가 양 떼들처럼 반대로 날뛸까 봐 두렵다. 우리는 날뛸 것이다. 모스크바를 탐욕스럽게 사랑하므로.

11월 11일

다행히 우리는 진군하고 있다. 군사령부로부터 그라보보와 보브루이스크로 이동하라는 명령을 받았다. 나는 짧은 예배를 준비하라고 명령했다. 살얼음. 빗방울이 떨어진다. 눈이 포장도로 위에서 녹아 누런 모래와 뒤섞였다. 갈색 진흙이 부츠에 들러붙고, 두 손에 쥔 쿠반카[1]에 달라붙는다. 사제가 생기 없이 웅얼거린다. "주여, 온 세상의 평화와 우리 영혼의 구원을 위해 간구하오니……." 그러자 축축한 외투를 걸친 페쟈가 부제 대신 목소리를 길게 빼며 읊는다. "주여, 용서하소서. 주여, 용서하소서. 주여, 용서하소서……." 창기병들이 성호를 긋는다. 많은 이들이 무릎을 꿇고 있다. 예고로프만 혼자 숙소에 남았다. 우리와 함께 기도하는 것은 그에게 율법을 어기는 행위다. 우리는 '이교도'이자 '이단자'이기 때문이다.

---

1 кубанка. 위가 평평하고 차양이 없고 둘레를 모피로 감싼 가죽 모자.

11월 12일

브레제가 들어온다. 그는 흥분해 있다. 그의 목소리가 떨린다.
"유리 니콜라예비치, 도대체 이게 뭡니까? 더 이상 이렇게는 못 하겠습니다. 우리가 유대인 학살자입니까? 도대체 무슨 일이 있었는지 아십니까?"
"무슨 일입니까?"
"즈군이 유대인을 쏴 죽였습니다."
"무엇 때문에요?"
"돈 때문에요."
즈군 대위는 용맹하고 열성적인 장교다. 그러나 그는 강도다. 그는 '약탈했다'라거나 '훔쳤다'라는 표현을 쓰지 않고, 외투를 '샀다', 반지를 '샀다', 부츠를 '샀다'라고 말한다. 창기병들도 그를 따라 그런 식으로 말한다. 피를 흘리는 일만 없으면, 나는 마지못해 눈을 감아주었다. 그러나 오늘은 다르다. 나는 현관 계단으로 나간다.
"말을 준비해!"
페쟈가 골룹카를 내게 끌고 온다. 나는 1기병중대로 천천히 말을 몬다. 앞쪽에 키가 크고 반점이 있는 회색 수말을 탄 즈군 대위가 있다. 나는 그 키가 큰 수말을 안다. 그가 전투 때 적군의 장교에게서 뺏은 말이다.
"즈군 대위."
"네!"
그의 얼굴은 온화하고 불그레하며 콧수염은 붉다. 그는 마흔 살이다. 차르의 군대에서 기병 특무상사를 지낸 사람이다.

"당신이 유대인을 죽였습니까?"
"네, 그렇습니다."
"무엇 때문에요?"
"유대인이지 않습니까, 대령님······."
"무엇 때문이냐고 물었습니다."

그의 얼굴이 시뻘게졌다. 그러나 그는 한마디도 하지 않았다. 나는 나팔수에게 말한다.

"나팔수, 즈군 대위가 무엇 때문에 유대인을 쏴 죽였나?"

나팔수는 고개를 숙였다. 상관을 두려워하기 때문이다. 그러나 나는 완강하게 묻는다.

"명령이다. 대답해."
"시계 때문입니다, 대령님."
"들었습니까, 즈군 대위?"

그는 침묵한다. 군인들의 표현을 빌리자면, 눈으로 나를 '자근자근 씹고' 있다······. 그때 내가 말한다.

"총살해!"

난 골룹카의 머리를 돌린다. 그리고 보지 않고도 안다. 예고로프와 페쟈가 이미 그를 말에서 끌어 내려 바로 그곳에, 사제관 벽에 세우고 있다는 것을. 나는 기다린다. 잠깐 기다린다. 두 발의 총성이 울린다. 나는 구령을 내린다.

"우로 3보. 날 따라오도록! 앞으로 갓!"

11월 13일

나는 기억한다. 올가와는 우연히 알게 됐다. 난 페트롭스키 공원을 거닐고 있었다. 불필요한 기억이 마음을 어지럽히고 '슬픈 시구詩句'가 뇌리를 떠나지 않던 절름거리는 나날들 가운데 하루였다. 한 아가씨를 만났다. 그녀가 내게 길을 물었다. 우리는 오랫동안 나란히 걸었다. 난 침묵했다. 내가 침묵한 것은 무서웠기 때문이다. 내 마음속의 우수가 무서웠기 때문이다. 그런 다음……. 그런 다음 난 그녀를 향해 허리를 굽히고 그녀의 손을 잡았다. 그러나 그녀는 내 눈을 똑바로 바라보았다. 사람을 너무나 쉽게 믿는 듯한, 너무나 맑은 눈길에 당혹스러울 정도였다. 그리고 당혹감 속에서 사랑이 싹텄다.

11월 14일

숲 사이로 나무를 베어 만든 길. 숲의 길. 주위에 빽빽하게 우거진 울창한 침엽수림. 전나무도 삐걱거리지 않고, 썩은 줄기도 흔들리지 않고, 떨어지는 가지도 소리를 내지 않는다. 말들이 나지막하게 콧김을 내뿜고, 수많은 말발굽의 소리가 규칙적으로 울려 퍼진다. 가끔 페쟈가 담배를 피우느라 성냥을 긋는다. 이따금 나는 작은 목소리로, "발맞춰 좌향 앞으로 가……! 발맞춰 우향 앞으로 가!"라고 말한다. 그러면 소대장들이 내 구령을 반복한다. 그렇게 우리 1창기병연대는 아침부터 행군하고 있다. 베레지나 강으로 가는 중이다.

암녹색 전나무들이 길을 트듯 양옆으로 갈라지고 적갈색 습지
가 펼쳐졌다. 뻣뻣한 풀들 사이 여기저기에서 월귤 열매들이 아
직 선홍색을 띠고 있다. 습지에서 소 떼가 풀을 뜯는다. 암소들
이 음매 하고 울어댄다. 구멍 난 가죽옷을 입은 목동이 뒤에서
우리를 멍하니 바라본다.
 "어디에서 왔나?"
 "부흐차[1]요."
 "부흐차에 적군이 있나?"
 "있을 수도……."
 "많은가?"
 "많을 수도……."
 그는 모자를 벗고 느릿느릿 뒤통수를 긁적인다. 그로서는 백
군이든 적군이든, 차르든 우리든 코뮤니스트든 상관없다. 그에
게는 모두 타인이며 모두 초대받지 못한 손님일 뿐이다. 그는 숲
에서 태어났고 숲에서 죽을 것이다. 페쟈는 장난삼아 짧은 채찍
을 휘두른다.
 "저리 꺼져, 촌놈아!"

11월 15일

 부흐차에는 적군이 없었다. 나는 주민들을 불러 모으라고 지

---

[1] 부흐차бухча라는 곳은 존재하지 않는다. 제정러시아의 영토였지만 지금은 벨라루스에 속한 부크차букча라는 지역은 있다. 목동이 그 지역의 방언으로 발음해서 '부흐차'로 들렸을 가능성도 있다.

시했다. 교회에 쉰 명의 농부, 많은 아낙들, 그리고 그보다 훨씬 많은 사내아이들이 모였다. 나는 그들에게 우리가 누구인지, 무엇을 위해 싸우는지 설명하려고 애썼다. 그들은 주의 깊게, 그러나 침울하게 들었다. 나는 그들이 내 말을 믿지 않는다는 것을 깨달았다. 그들의 눈에 나는 지주 귀족일 뿐이었다. 그리고 내가 토지에 대한 이야기를 꺼내자, 곧바로 몇몇 목소리가 내 말을 가로막았다.

"그럼 당신들은 왜 장군들과 함께 있습니까?"

"왜 지주[2]들과 같이 있는 거예요?"

"짐수레를 가져가 놓고 왜 돈을 안 내죠?"

내가 무슨 대답을 할 수 있었겠는가? 그렇다, 우리의 후방에는 차르의 장군들이 있다. 그렇다, 지주들의 행렬이 기생충처럼 우리를 따라오고 있다. 그렇다, 군대 안에 절도가 판치고 있다……. 예고로프가 날 곤경에서 구해주었다. 거대한 몸집에 턱수염이 허옇게 센, 마치 분리파 사제처럼 생긴 그가 군중을 헤치고 나와 거친 손가락을 내보이며 쩌렁쩌렁하게 외쳤다.

"이게 뭐야? 옹이야, 손가락이야? 손가락이지……. 그럼 난 누구야? 지주야, 농부야? 농부잖아……. 그런데 무엇 때문에 입발림으로 속이겠나? 친구들, 총을 들어! 그놈들을, 악마 같은 놈들을 죽이라고! 그 빌어먹을 악마들을, 코미사르와 지주 귀족들을 다 죽여! 그놈들은 우리를 충분히 지배했어! 내 말이 맞잖아?"

"당신이 지주들 편이 아니라고 십자가에 걸고 맹세해."

---

[2] 농부들이 지주의 뜻으로 'пан'이라는 단어를 사용하고 있다. 이것은 폴란드, 우크라이나, 벨라루스의 사람들이 지주나 주인을 가리킬 때 쓰던 단어다. 제정러시아 시대에는 모스크바와 그 주변 지역을 대러시아, 우크라이나를 소러시아, 벨라루스를 백러시아로 일컬었다.

예고로프는 쿠반카를 벗고 교회를 향해 성호를 그었다.

"증명서를 써줄 수 있나?"

"그럼."

"도장도 찍을 수 있고?"

"물론."

군중이 웅성거렸다. 특히 아낙들이 열을 올렸다. 나는 끝까지 기다리지 않고 판잣집[1]으로 돌아왔다. 저녁때 페쟈가 마을이 일곱 명의 지원병을 내놨다고 보고했다. 보고를 끝낸 후 그는 문가에 섰다.

"대령님, 이건 쓸데없는 짓입니다."

"왜?"

"이 촌놈들은 다 도망칠 겁니다. 과연 그놈들이 도망가지 않고 남을 수 있을까요? 예고로프가 투덜거리더군요. 우리가 무엇 때문에 싸우는지 모르겠다고요."

11월 17일

숲에서든 들판에서든, 저녁이든 밤이든 낮이든 절박한 생각이, 올가에 대한 생각이 날 떠나지 않는다. 등자와 등자가 쟁강쟁강 맞부딪는 소리를 낸다. 골룹카가 고삐를 느슨하게 해달라고 조르고 발을 헛디디다가 다시 부드럽게 걷는다. 내 앞에 올가의 모습이 떠오른다. 하늘색 눈동자가 반짝이고, 땋아 내린 아마

---

1 халупа. 우크라이나와 벨라루스에서 널빤지로 짓던 주거의 형태를 가리킨다.

색 머리[2]가 흐트러진다. 그녀가 소리 내어 웃으며 술래잡기를 한다. 술래잡기라……. 얼마나 천진한 단어인지, 영원히 잊힌 단어다……. 올가는 어디에 있을까? 감옥? 루뱐카의 지하실? 술 취한 코미사르의 품? 난 상상할 수도 없고, 상상할 엄두도 나지 않는다. 얼굴에서 불이 일고, 눈앞이 아찔해진다.

11월 18일

베레지나 강이 얼어붙었다. 푸르스름한 얼음이 날카로운 소리를 내며 반짝인다. 상류로 올라갈수록 아직 얼지 않은 곳이 더 많다. 수다스럽고 경쾌하게 흐르는 실개울. 골룹카는 거의 앉은 자세로 가파른 비탈을 더듬더듬 내려간다. 강에 이른 골룹카가 공기 냄새를 맡다가 놀라 뒷걸음친다. 그러나 나는 채찍을 든다. 골룹카는 힝힝거리고는 빠르게 질주한다.

왼쪽 강기슭에 도착한 후 방향을 돌렸다. 연대가 열을 지어 경쾌하게 강을 건너고 있다. 누런 쿠반카를 쓰고 박차에 닿는 긴 회색 외투를 입은 창기병들이 어깨에 라이플총을 메고서 편자를 박지 않은 말들을 조심스럽게 몰고 간다. 앞쪽에 나팔수 바라보시카가 있다. 내가 즈군에 대해 심문한 바로 그 나팔수다. 그의 말이 미끄러져 무릎이 바닥에 닿도록 털썩 쓰러진다. 말이 얼음 위에서 힘없이 떨고, 바라보시카가 미친 사람처럼 큰 소리로 웃

---

2 아마는 옅은 노란색 열매를 맺는 식물로, 줄기에서 얻은 섬유로는 리넨 섬유를 만들고 씨로는 기름을 짠다. '아마색 머리'는 아주 옅은 색의 금발을 뜻하는데, 어린 시절에는 하얀색에 가까울 만큼 연하다가 성장할수록 색이 조금씩 짙어지는 것이 특징이다.

어댄다. 나도 웃는다. 나도 내가 왜 웃는지 모른다. 그러나 이른 아침은 맑디맑고, 얼어붙을 듯한 공기는 너무나 투명하고, 잠에서 깨어난 강은 갖가지 소리를 내고, 말들은 몹시 활기차고, 사람들은 무척이나 다정하다. 그 모습에 난 사내아이처럼 삶에 기뻐한다. 산다는 것은 생각하는 것도, 아는 것도, 기억하는 것도 아니다…….

연대가 풀밭으로 모인다. 나는 연대를 행군 종대로 정렬시킨다. 한가로운 노래가 울려 퍼진다. 창기병들이 〈올레크〉를 부른다.

11월 19일

폐쟈가 내게 쌍안경을 건넨다.
"대령님, 그자들입니다."
뿌연 안개 속에서 그림자가 흔들리는 게 보인다. 수가 많다. 그들은 보브루이스크 가도를 따라 움직이고 있다. 적군이다. 과연 저들은 우리를 자기편이라고 생각할까?
"공격! 돌격하라!"
휙휙 소리가 들리고, 공기가 살을 에듯 얼굴이 따끔거리고, 골룸카가 긴장하며 앞으로 내달렸다. 나는 안장의 굽이 쪽으로 몸을 낮게 숙이고 기병도를 뽑았다. 양옆에서 들리는 빠른 말발굽 소리, 짧은 비명 소리, 총소리. 채찍을 휘두르는 소리가 아닐까? 꿈속인 양 예고로프가 어렴풋이 보였다. 날카로운 칼날이 쉿 소리를 내고, 무언가가 신음 소리를 내고, 무언가가 땅에 떨어졌다……. 정신을 차리고 보니, 전투는 이미 끝나 있었다. 그리고 정신을 차린 순간, 난 한 남자가 발이 걸려 넘어지면서 얼어붙은 경작지를 지나 멀리 보이는 숲으로 달아나고 있음을 알아차렸다. 그는 두 손으로 뒤통수를 감싼 채 라이플총도 없이 달려가고 있었다. 우리 창기병 가운데 한 명이 묵직하게 갤럽[1]으로 달리며 그를 뒤쫓았다. 난 제렙초프 소대장을 알아보았다. 난 다시 골룹카를 전속력으로 몰았다.

숲의 가장자리쯤에 이르러 그들을 따라잡았다. 기병도가 하얗게 번득이고 쇠붙이 소리를 내며 원을 그렸다. 적군 병사가 몸을 굽히고 전나무 숲으로 뛰어들었다. 나는 그를, 붉은 별이 달린 군모를 쓴 그 러시아 농부를 바라보았다. 그러자 정체를 알 수 없는 감정이 나를 사로잡았다. 난 소리쳤다.

"손 내려!"

제렙초프가 사납게 나를 홱 돌아보았다.

"놔줘! 그리고 너…… 머저리 같은 놈, 너 말이다. 날 따라오도록 해……."

그 적군 병사는 처음에 무슨 말인지 이해하지 못했다. 그러다 겁에 질린 눈을 들었다. 그러고는 성호를 긋다가 쩔쩔매다가 또다시 성호를 그으며 알아듣기 힘든 말로 빠르게 웅얼거렸다.

"고맙습니다……. 너무 고맙습니다……. 정말 너무 고맙습니다……."

---

1 галоп. 말 등의 네발짐승이 단속적으로 네 발을 모두 땅에서 떼며 질주하는 방식.

11월 20일

'살인하지 말라!'[1] 언젠가 이 말은 창이 되어 나를 관통했다. 지금은……. 지금은 이 말이 거짓처럼 느껴진다. '살인하지 말라'……. 그러나 주위의 모든 이들이 살인을 하고 있다. '월귤즙'[2]이 흘러넘쳐 말의 재갈까지 차오른다. 인간은 살인으로 살아가고 살인을 호흡하며, 피투성이 암흑 속을 헤매고 피투성이 암흑 속에서 죽어간다. 맹수는 굶주림에 지쳤을 때 죽이고, 인간은 피로와 나태와 권태 때문에 죽인다. 삶은 그런 것이다. 우리가 창조한 것도 아니고 우리의 의지로 없애지도 못하는 것, 원초적인 것이란 그런 것이다. 그렇다면 참회는 무엇을 위한 것인가? 결코 살인하지 못할 인간들, 자신의 죽음 앞에서 벌벌 떠는 그런 인간들이 성서의 계명에 대해 잡담이나 하라고 만든 것인가? 이 얼마나 불경한 익살극[3]인가!

11월 21일

우리는 전투를 치르며 전진하고 있다. 어제 우리는 두 차례 공격을 감행했다. 1기병중대 지휘관이 부상을 당하고, 창기병이

---

1 창세기 20:13에 나오는 십계명 중 여섯 번째 계명으로 우리말 공동번역 성서에는 '살인하지 못한다'로 번역됐다. 사빈코프가 『검은 말』에 앞서 발표한 『창백한 말』에 계속 등장하는 화두다.
2 인형극에선 귤즙을 피 대신 사용한다. 『창백한 말』 참조.
3 балаган. 18-19세기 러시아의 장터 등에서 공연되던 익살극이나 서커스 등을 뜻한다.

열 명쯤 부상을 당하고, 나팔수 바라보시카가 전사했다. 바라보시카 역시 '스코바리'로 예고로프의 동향인이었으며, 코뮤니스트들의 철천지원수였다. 그는 늘 만족했다. 심지어 먹을 것이 전혀 없을 때도, 심지어 사람들이 피로에 지쳐 안장 위에서 꾸벅꾸벅 졸 때도. "힘들지, 바라보시카?" "전혀 힘들지 않습니다. 우리 스코핀[4] 사람들은 이런 것에 익숙합니다." 그는 시골에 아버지를 두고 왔다. 그의 아버지는 엄하고 경건한 농민이다. 바라보시카에게 의용군에 들어가라고 시킨 것도 그의 아버지다.

우리는 바라보시카를 숲에 묻었다. 창기병들은 서둘러 〈영원한 기억〉을 부르고는 자작나무 십자가를 세웠다. 페쟈는 마지막 흙덩이를 던지면서 얼굴을 찌푸리고 말했다.

"죄 많은 인생을 살다가 우스운 종말을 맞았군요."

"뭐가 우습다는 거지, 페쟈?"

"다른 나라의 총알도 아니고 러시아의 총알에 죽었잖아요."

11월 22일

밤중에 페쟈가 나를 깨웠다.

"일어나세요, 대령님! 일어나세요!"

"무슨 일이야?"

"함성이 들립니다, 대령님……."

난 야간 공격을 별로 믿지 않는다. 그러나 어쩔 도리가 없다.

---

4 러시아의 랴쟌주에 있는 도시.

난 마지못해 옷을 입는다. 거리는 어둠에 싸여 있다. 지척을 분간할 수 없다. 마을 부근에서 기관총 소리가 집요하게 들린다. 별다른 소리는 없다. 나는 묻는다.

"누가 함성을 지른다는 거야?"

"용서하십시오, 대령님."

폐쟈는 겁쟁이가 아니지만 겁쟁이보다 나을 게 없다. 그는 과대망상에 사로잡혀 있다. 그는 헛것을 본다. 실제로 존재하는 것은 볼까? 그가 수치스러워한다. 그는 말한다.

"정말 11시부터 줄기차게 들려서……."

그래, '줄기차게 들린다'고 하자……. 나는 골룹카를 살펴보러 간다. 골룹카는 내가 온 것을 눈치채고 어두운 헛간 안에서 내 쪽으로 방향을 틀어 사팔눈을 반짝인다. 나는 골룹카의 탄력 있는 가슴과 유연한 목덜미를 어루만진다. 골룹카는 설탕을 달라고 조르며 뜨거운 입술로 내 손바닥을 찾는다. 그러나 설탕은 없다. 여전히 기관총 소리가 계속 들린다. 폐쟈가 내 등 뒤에서 공손하게 한숨을 쉰다.

11월 24일

과연 이게 전쟁일까? 적군은 거의 전투도 치르지 않고 항복한다. 어제 우리는 포병중대를 덮쳐 대포 네 문을 빼앗았다. 오늘은 보병연대 두 부대를 무찔렀다. 폐쟈가 뽐낸다. "이렇게만 하면 맨손으로도 그놈들의 본부를 쳐부수겠어." 예고로프가 그의 말을 가로막는다. "쓸데없는 소리 하지 마. 하느님의 뜻이야…….

네 걱정이나 해. 너나 붙잡히지 않게 조심하란 말이야." 그러나 난 걱정하지 않는다. 페쟈는 붙잡히지 않을 것이다.

춥다. 바람이 윙윙 분다. 눈보라가 울부짖고 사나워진다. 브레제가 들판에서 포로들을 정렬시켰다. 그가 구령한다.

"차렷!"

군복 차림의 농민 8백 명이 내 얼굴을 뚫어지게 바라본다. 다들 똑같이 긴장과 의심에 찬 눈빛을 보내고 있다. 추위에 얼어붙은 그들은 부동자세를 취한 채 죽음을 준비한다. 페쟈가 묻는다.

"타찬카[1]를 끌고 올까요?"

타찬카······. 아니, 난 아무도 총살하지 않았다. 보브루이스크로 돌아가든, 우리 부대에 들어오든 마음대로 하라고 했다. 그리고 다들 집으로 돌아가도 좋다고 말했다.

그들은 이해하지 못했다. 눈가루가 휘몰아치며 녹아 옷깃에 들어갔다. 난 자리를 떴다. 그들은 아직도 기다리고 있다. 무엇을 기다리는 걸까? 타찬카? ······.

11월 25일

부흐차에서 온 '농부들'과 예고로프를 포로들에게 보냈다. 그들이 무슨 이야기를 했는지 난 모른다. 아마 또 지주들과 토지와 짐수레와 장군들에 대해 말했을 것이다. 하지만 저녁 무렵 새로운 의용군 연대가 만들어졌다. 1파르티잔 보병연대다. 그리고 이

---

1 тачанка. 우크라이나의 짐마차로 러시아 내전 당시 기관총을 운반하는 데 사용됐다.

제 내 안에 야수의 감각이 존재한다. 싸우고 싶다. 설사 이길 수 없다 해도 싸우고 싶다.

11월 26일

 올가를 사랑한다. 올가는 날 사랑할까? 처음으로 나 자신에게 이 질문을 던져본다. 그곳에서, 모스크바에서 난 그녀가 날 사랑하지 않을 수 없다는 것을 알았다. 어떤 여자가 사랑에 끝까지 저항하겠는가? 정열에 지치지 않고 정열에 흥분하지 않을 여자가 어디 있겠는가? 어떤 이의 심장이 자살 같은 결투를 견디겠는가? 하지만 지금 우리 사이에 놓인 것은 심지어 심연이 아니라 그것의 우물이다. 재난, 불안, 불행, 패배의 우물. 감옥도, 루뱐카도 두렵지 않다. 감옥은 불태우고 루뱐카는 폭파하면 된다……. 두려운 것은 함께하지 못하는 삶이다.

11월 27일

 종잇조각에 이렇게 썼다. '보브루이스크 수비대 대장에게. 지체 없이 도시를 넘길 것을 명령합니다. 이 명령을 따르지 않을 경우 당신을 교수형에 처하겠습니다. 미카셰비치 마을. 서명.' 이 쪽지를 투항자에게 건넸다. 군모를 쓴 젊은 병사가 씩 웃으며 쪽지를 소매 속에 감춘다.
 "동무, 더 시키실 일 없습니까?"

"없어."

"그럼 안녕히 계십시오, 동무."

그에게 난 '대령'이 아니라 '동무'다. 브레제는 이런 '코뮤니스트의 신체제'를 인정하지 않는다. 그는 자기가 폐하의 근위대 경기병이던 시절이 오래전에 끝났다는 것, 이제는 폐쟈와 똑같은 의용군이라는 것을 이해하지 못한다. 그는 '동무'라는 단어에 모욕을 느낀다. 나는 아무래도 좋다. 보브루이스크가 항복하기만 한다면, 모스크바를 향해 한 걸음 더―거짓이라 해도―내디딜 수만 있다면……. 나는 대기하라는 명령을 받았다. 훨씬 더 나쁜 상황이다. 내일은 공격을 감행할 것이다.

11월 28일

하루 종일 전투가 계속됐다. 대포 소리가 사방에 울리고, 유탄이 폭발하며 흙먼지를 일으키고, 유산탄이 요란한 소리와 함께 푸른 하늘 속으로 사라졌다. 쌍안경으로 살펴보니, 근처 언덕들에 있던 사람들이 자작나무 숲 너머로 달려가고 우리의 포화 아래에서 쓰러지는 게 보인다. 사람들이 아니라 장난감 병정들이다. 성냥개비 같은 장난감 장검, 색연필 같은 장난감 라이플총, 담배 연기 같은 장난감 폭약. 우리가 언덕을 함락했을 때, 지난해에 난 풀들이 짓밟힌 자리에는 군모와 배낭, 외투가 흩어져 있었다. 폐쟈는 칼자국이 난 장교용 외투를 하나 집어 들었다. 외투는 온통 피범벅이었다. 그는 나이프로 피를 긁어내고 외투를 소매부터 입었다. 몸이 꽁꽁 언 창기병들이 폐쟈를 부러워한다.

"전령들은 언제나 운이 좋다니까." 하지만 오늘은 그들도 운이 좋다. 사람들은 배부르고 말들에게는 귀리가 있다.

11월 29일

우리는 저녁놀이 질 무렵 보브루이스크에 진입했다. 둥근 선홍색 태양이 지고 있다. 메아리가 울리는 거리에는 사람이 한 명도 없다. 문에 못질을 한 집들이 점차 검게 변한다. 공장 굴뚝들이 바늘같이 뾰족하게 솟아 있다. 중앙 광장에는 비를 맞아 못쓰게 된 두 개의 초상화가 밧줄에 매달려 있다. 레닌과 트로츠키. 예고로프는 기병도로 밧줄을 자른다.

우리는 승리했다. 그러나 내 안에는 기쁨도, 익숙한 황홀감도 없다. 러시아인들이 러시아인들을 무찔렀다. 벽에서 포고문이 희뿌옇게 빛난다. 나는 포고문을 떼어낸다. 거기에는 우리에 대한, 즉 '강도들'과 '비적들'에 대한 내용이 적혀 있다. 그리고 난 스스로에게 묻는다. 형제들끼리 싸우는 것인가, 아니면 빈대들끼리 싸우는 것인가?

11월 30일

제렙초프 소대장이 나에게 보고한다.

"대령님, 쿠체랴예프와 카랴긴과 저는 미카셰비치 마을 부근에서 정탐을 하던 중 적에게 체포됐습니다. 우리는 보브루이스크에 있는 체카[1]로 끌려갔습니다. 체카에는 코미사르는 없고 소트콤[2]인 뚱뚱한 여자가 있었습니다. 프렌치 군복 상의[3]와 승마바지를 입고 있었습니다. 그녀의 손에는 나간총[4]이 들려 있었습니다. 여자가 쿠체랴예프를 흘깃 쳐다보더니 '무릎으로 기어'라고 말합니다. 쿠체랴예프는 엉금엉금 기었습니다. 그 여자가 나간총을 쏘았습니다. 그다음에는 카랴긴에게 말했습니다. '이제 네가 기어봐.' 카랴긴은 이리저리 기었고, 문가에 서 있던 체카 대원들이 웃어댔습니다. 어쩔 도리가 없었습니다. 그는 기었습니다. 여자가 다시 총을 쐈습니다. 체카 대원 둘이 카랴긴을 끌고 가자, 여자가 날 향해 돌아서더니 매우 부드럽게 속삭입니다. '동무, 이름이 뭐지?' '바실리.' '그렇군. 담배 한 대 피워, 바실리 동무.' 그러더니 담배 한 개비를 내밉니다. 저는 담배를 받아 피웁니다. 그 여자가 저를 자기 쪽으로 부르더니 제 어깨 위에 두 손을 올려놓았습니다. '나에게 모든 걸 말해주겠지, 바실리 동무? 너희 편에 말, 대포, 라이플총이 얼마나 있지?' 전 여자에게 허풍을 떨려고 했지만 여자가 제게 소리를 질렀습니다. '거짓말이야! 사실대로 말해, 이 개새끼야!' '내가 어떻게 알아!' 전 말합니다.

---

1 1918년에서 1922년 사이에 존속했던 '반혁명, 사보타주 및 투기 단속 비상위원회'. 제르진스키를 위원장으로 한 이 탄압 기구는, 무엇보다 볼셰비키 이외의 세력들에 대한 사찰과 탄압을 일차적 임무로 삼았다. 1918년 9월 5일 소브나르콤은 체카에게 '백군의 조직 및 음모와 관련된 모든 사람을 사살할 권한'을 부여한다. 체카는 1922년 2월에 반볼셰비키 전쟁이 종결되었다는 공식적인 선언과 함께 폐지됐다. 그러나 국가정치행정부, 즉 게페우가 설치되어 체카의 권한과 역할을 그대로 계승한다.

2 содком. '코미사르의 첩содержанка комиссара'의 줄임말.

3 френч. 영국의 프렌치 장군의 이름을 딴 제복 양식. 네 개의 호주머니와 허리띠와 짧은 옷깃이 달린 군복 상의로 제정러시아 말기와 소비에트 연방 공화국 초기에 사용됐다.

4 наган. 기병들이 사용하던 대형 권총.

'아하, 그렇게 나온다 이거지? 저놈을 50대 패!' 그자들이 저를 두들겨 팼습니다. '어때?' 전 아무 말 하지 않습니다. 여자는 의자에서 일어나 내 뺨을 채찍으로 한 번 갈겼습니다. 얼굴이 온통 피투성이가 되었습니다. '저놈을 끌어내. 50대 더 때리고 나서 비엔나소시지[1]로 만들어.' 그자들은 저를 창고로 끌고 가서 먹을 것도 마실 것도 일체 주지 않고 계속 조롱만 했습니다. '네놈은 유다야. 적과 내통했어.' 그때 다행히도 대령님이 도착해서 절 구해주셨습니다. 그 여자는 코미사르와 함께 아직 이곳에 숨어 있다고 합니다. 그들의 성姓은 체체린입니다."

12월 1일

예고로프는 코미사르를 찾아냈지만 그자의 아내는 발견하지 못했다. 체체린은 어느 유대인의 집에서 깃털 이불을 뒤집어쓴 채 숨어 있었다. 예고로프는 벌을 주느라 깃털 이불의 솜털을 다 끄집어내고, 창문을 깨뜨리고, 보잘것없는 가구를 부수었다. 말하자면, '조금 장난을 친 것이다'. 체체린은 아침에 교수형을 당했다. 물론, 그 일은 페쟈가 맡았다. 페쟈는 밧줄을 쥐고 일부러 오랫동안 꾸물거리다가 자작나무 가지를 물로 닦고 자리를 뜬 뒤 서둘러 돌아오지 않았다. 페쟈는 이제 막 보드카를 다 마시고 점심 식사를 끝냈다. 그는 현관방에서 서툰 솜씨로 기타를 연주한다.

---

[1] сосиска. 손가락을 빻는 고문.

러시아 노동자들은
열렬히 사랑했노라,
트로츠키와 일리치를,
그 밖의 모든 이들을…….

12월 2일

나는 '함께하지 못하는 삶'이란 말을 했었다. 나는 내 길을 가고, 올가는 내가 모르는 자신의 길을 간다. 우리 위에는 각기 다른 하늘이 떠 있고, 우리 밑에는 서로 다른 땅이 놓여 있다. 그녀는 모스크바를 호흡하고, 난 모스크바에 대한 나의 사랑을 호흡한다. 그녀는 현재를 살고, 나는 미래를 산다(만약 과거가 아니라면). 어쩌면 나는 그녀에게 타인이 되었을지도 모른다. 멀리 떨어져 있으므로. 어쩌면, 그녀의 혹독한 나날 위로 이미 다른 검은 그림자가 드리웠는지도 모른다……. 그러나 나는 믿는다. '바닷물도 사랑을 끄지 못하고 굽이치는 물살도 사랑을 쓸어가지 못한다. 사랑은 죽음처럼 강하기에.'[2]

---

2 구약성서의 아가 8:6-7을 부분적으로 인용한 것이다. 우리말 공동성서에는 이렇게 번역되어 있다. "사랑은 죽음처럼 강한 것, 시샘은 저승처럼 극성스러운 것, 어떤 불길이 그보다 거세리오? 바닷물로도 끌 수 없고 굽이치는 물살도 쓸어갈 수 없는 것, 있는 재산 다 준다고 사랑을 바치리오?"

12월 3일

군사령부에서 메이에르 대령이 왔다. 은제 견장이 반짝이고, 잘 손질된 얼굴이 미소를 짓는다. 그는 시가를 피우면서 사령부의 새로운 소식들을 전한다. 나는 그저 듣고만 있다. "각하께서…… 폐하께서…… 장관님이…… 남작은…… 시종이……." 그 다음에는 이런 이야기들을 한다. "연합은…… 협정이…… 좌파들은…… 우파들은…… 파리는…… 일본은…… 미국이……." 그는 자신이 '사건들의 과정' 속에 있고 '중심'에 가까이 있다는 사실에 흡족해한다. 시가를 다 피운 후 그는 근심스럽다는 듯 탁자 위로 몸을 깊이 숙인다.

"친애하는 대령, 어떻게 된 겁니까? 상부의 명령도 없이 공격을 개시한 것 같던데요?"

"네. 명령 없이 그렇게 했습니다."

"아, 아, 아……. 어떻게 그럴 수 있습니까? 당신은 사령관님이 불만스러워하고 있다는 것을 알잖아요……. 나야 이해하죠. 다 이해하고 높이 평가하지만, 그래도 작전 명령을 따라야……."

"무슨 작전 명령 말입니까?"

"어떻게 무슨……." 그는 코안경을 걸치고 의혹에 찬 눈으로 나를 뚫어지게 바라보았다. "작전 명령에 따라, 당신은 미카셰비치 마을에서 기다려야 했습니다."

"누구를 기다립니까?"

"사령관 각하요."

그의 코안경이 역겨웠다. 그의 달착지근한 목소리도 역겨웠다. 참모부, 대신들, 장군들도 역겹다. 하지만 난 스스로를 억누른다. 내가 어찌 불복종의 본을 보이겠는가? 그래서 난 학생처럼 말한다.
"내 잘못입니다, 대령."

12월 4일

브레제가 내 편을 들며 화를 냈다. 그는 오랫동안 이 구석에서 저 구석으로 오간다. 그러더니 의자에 앉는다. 그러고는 담배를 피우고, 마침내 입을 연다.
"유리 니콜라예비치, 놈들의 목덜미를 잡고 끌어내세요."
"누구 말입니까?"
"그야 그 참모부 놈들······. 방해만 됩니다. 그놈들만 없었으면, 우리는 벌써 모스크바에 도착했을 겁니다."
"군에 반기를 드는 겁니까?"
그는 당황하며 입을 다문다.
"군을 따르진 않겠다, 하지만 대공 전하를 위해서다, 그런 겁니까?"
"차르를 위해서냐고요? 내가 차르를 위해 싸운다고 누가 그러던가요? 난 누구를 위해서도 싸우지 않습니다. 난 정치에는 관심 없어요. 난 군인입니다. '파렴치한' 평화는 결코 받아들이지 않을 테고 견장도 절대 떼지 않을 겁니다. 나머지는 상관없습니다."
그가 흥분한다. 그는 무언가 옳지 않다는 것을 느끼면서도 잘못을 찾아내지는 못한다. 난 미소를 짓는다.
"아, 브레제, 브레제······. 기병대 소위가 되어 박차를 절그럭거리고, 쿠프 식당에서 저녁을 먹고, 파블롭스크[1]에서 귀부인들에게 구애하는 것은 멋진 일입니다. 전투에서 헝가리 기병들을 베는 것도 멋진 경험이죠……. 하지만 백군도 아닌 그저 '강도'가 되어 멀리 떨어진 벽지에서 메이에르 같은 놈의 지휘를 받으며 페쟈와 함께 체체린 부부와 싸우는 것은 좋은 일이 아닙니다……. 이렇게 한다고 혁명이 끝장날까요? 그럴까요?"

그가 화를 내며 가버린다. 진실하고 용감한 소년이다. 그는 무엇을 위해 자기 생명을 내놓은 걸까?

12월 5일

오늘은 나무도 얼어 터질 정도로 춥다. 연기가 얼어붙고, 입김이 하얗게 굳는다. 추위에 언 갈까마귀들이 날다가 뚝뚝 떨어진다……. 난 민코비치 부인의 집에서 지낸다. 천장이 낮은 '응접실'은 훈훈하고 구운 양파 냄새가 풍긴다. 회색 덮개를 씌운 가구, 한구석에 놓인 먼지 낀 종려나무, 거울 아래의 탁자에 놓인 큼직한 가족 앨범. 앨범의 사진 속에는 소도시의 '사업가들'과 미국풍의 젊은이들이 있다. 뉴욕에 사는 조카들이다. 민코비치 부인은 포그롬[2]을 두려워한다. 그녀는 나를 장군으로 승격시키고, 페쟈에게는 다진 고기를 가득 채운 생선 요리를 먹이고, 내

---

[1] 상트페테르부르크 인근의 도시로 러시아 황실의 파블롭스크 궁전이 있는 지역을 가리킨다.
[2] погром. 19세기에서 20세기 초에 제정러시아에서 일어난 유대인에 대한 탄압과 학살. 넓게는 러시아 민족을 제외한 소수민족에 대한 박해를 의미하기도 한다.

가 '지루해하지 않도록' 저녁마다 열심히 쇼팽을 연주한다. 이곳에서, 호텔 같기도 하고 큰 정거장 같기도 한 이곳에서 좋아하는 왈츠를 듣는 게 낯설다. 올가도 왈츠를 연주했었다……. 그녀를 보게 될까? 아니면, 고독한 방랑 속에서 이렇게 내 인생은 끝나는 것일까?

12월 6일

 예고로프는 시내를 이리저리 뛰어다닌다. 그는 먹지도 자지도 않는다. 그는 유대인의 상점들을 샅샅이 뒤지고, 안마당과 지하실과 다락방을 둘러보고, 심지어 묘지와 대교회까지 훑었다. 그는 침울해져서 무뚝뚝하게 말한다.
 "그 마귀할멈을 아는 사람이 없나……. 그 악마들한테, 만일……. 양심도 없는 놈들. 그래, 내가 찾아낼 테다. 내가 땅속에서라도 찾아낸다. 그년을 가만두지 않겠어. 그런 일을 어디에서 본담? 여편네가 나간총으로 사람을 쏘다니……. 그 상놈들한테는 이런 일이 별것 아닌가 보지? 성경에도 있잖아. '그러므로 아내들은 볼지어다'라고……. 제기랄, 그 여편네는 그놈의 마누라가 아니라 첩일 뿐 그 이상 아무것도 아니지……."
 "도대체 그 여자를 어떻게 할 건데?"
 "어떻게 하냐고요? 어떻게 할지 폐쟈와 함께 궁리해 보죠. 우리가 이미 방법을 모색하고 있습니다. 그런 년은 태워 죽여도 죄가 안 돼요."
 몸이 꼿꼿하고 턱수염이 희끗희끗하고 표정이 준엄한 그가 문가에 서 있다. 난 안다. 그는 허락만 떨어지면 정말 태워 죽일 것이다.

12월 7일

민코비치 부인의 생각이 거의 옳았다……. 거리마다 순찰대가 돈다. 그들은 질서를 감독한다. 그러나 질서는 없고, 술 취한 이들만 넘쳐난다. 술 취한 자나 맨정신인 자나, 병사나 장교나 모두 약탈을 일삼는다. 시내 곳곳에서 암흑 속의 도둑질과 대낮 중의 노골적인 약탈이 벌어지고 있다. 어제 한 의사가 찾아왔다. 병사들이 그에게서 약품을 '구매한' 것이다. 그는 불평을 호소한다. 그는 코뮤니스트들의 치하에서도 삶이 이보다 고달프지는 않았다고 말한다. "물론, 체카로 끌려가기도 했죠……. 뭐, 하지만 당신네들이 해방을 가져다준 지금도, 사람들은 여전히 콘트르라즈베트카[1]로 끌려가지 않습니까?" 콘트르라즈베트카에는 예고로프가 있다. 예고로프는 체카 대원들과 무엇이 다를까? 나는 코미사르와 무엇이 다를까? 우리는 서로 다른 것을 신봉하지만, 우리의 행동으로는 우리를 구별할 수 없다. 우리는 한통속이다. 우리는 서로 싸우지만, 주민들은 백군이든 적군이든 우리를 똑같이 저주한다. '젊은것들의 머리통만 깨진다'[2]며. 그러나 이 '젊은이들'은 왜 노예처럼 우리를 참아내고 있는 걸까?

---

1 контрразведка. 백군의 보안 기관으로 적군 첩자를 적발하는 임무를 수행했다.
2 전투에서 병사들이 심하게 다치거나 목숨을 잃을 때, 혹은 강한 자들의 싸움에 힘없는 자들이 희생될 때 흔히 사용되던 소러시아(지금의 우크라이나)의 속담이다.

12월 8일

나는 복음서를 펼친다. '말씀이 육신이 되셔서 우리와 함께 계셨는데 은총과 진리가 충만하였다…….'[3] 우리의 육화된 말씀은 어디에 있는가? 우리의 진리는, 우리 하느님의 은총은 어디에 있는가? '예고로프가 투덜거리더군요. 우리가 무엇 때문에 싸우는지 모르겠다고요.'[4] 난 내가 왜 그들을 목매달았는지 알지만 무엇을 위해서였는지는 모른다. 후방에서 차르가 날조되고 있다. 심지어 차르도 아닌 소군주가, 시시하고 우스꽝스러운 나폴레옹이 날조되고 있다. 러시아의 구원이 그자에게 있는가? 장군들과 귀족들의 구원. 러시아 민중이 피 흘리며 몰아낸 자들의 구원. 모스크바……. 모스크바는 능욕당했고 구둣발에 짓밟혔다. 우리는 대신에 무엇을 줄 것인가? 또 다른 끔찍한 모욕과 똑같은 군홧발인가? 혹은 어쩌면 감상적인 문구들, 새로 출현한 미라보[5]들의 창백한 허약함? '나는 어쩌다 악마의 농간질에 러시아인으로 태어나고 말았다.'

---

3 요한의 복음서 1:14. 전문은 다음과 같다. "말씀이 사람이 되셔서 우리와 함께 계셨는데 우리는 그분의 영광을 보았다. 그것은 외아들이 아버지에게서 받은 영광이었다. 그분에게는 은총과 진리가 충만하였다." '말씀이 사람이 되셔서'라는 부분은 '말씀이 육신이 되셔서И слово стало плотию'라고 번역된 러시아어 성서를 참조해서 이 책에서도 그렇게 옮겼다.

4 11월 15일 일기 참조.

5 오노레가브리엘 리케티 드 미라보(Honoré-Gabriel Riqueti, Comte de Mirabeau, 1749-1791). 프랑스 대혁명 초기에 입헌군주제를 옹호하는 온건주의자로서 프랑스를 이끈 인물이다. 본래 귀족 신분이지만 방탕한 생활로 아버지로부터 의절당한 후 유럽의 많은 곳을 여행하며 실권자들과 교류하고 비밀 첩자로도 활동했다. 혁명이 일어나자 제3신분인 평민의 대표로 국민의회에 진출해 특권계급과의 싸움에서 결정적인 역할을 하지만 왕실 편을 들고 귀족들과 내통함으로써 정치적 위신을 잃었다.

12월 9일

 그렇다, '나는 어쩌다 악마의 농간질에 러시아인으로 태어나고 말았다.' '신의 체현자인 민중'은 기만을 일삼았다. '신의 체현자 민중'은 비굴하게 엎드리거나 반란을 일으킨다. 참회를 하거나 임신한 여인의 배를 때린다. '세계'의 문제를 해결하거나 훔친 피아노 안에 수탉을 키운다. '우리는 비열하고 사악하며 배은망덕하다. 우리는 진실로 냉혹한 스콥치[1]다.' 특히 스콥치다. 조국을 위해 죽는 자는 한 줌이고, 자유를 위해 싸우는 자도 열 명이 안 된다. 미라보가 연설한다. 그들의 이야기를 들으면, 모든 것이 연구되고 계산되고 예측되어 있다. 그들을 보면, 모두가 말쑥하고 깔끔하며 고상하다. 그러나 그들을, 그들의 감상적인 민중애를 믿는 것은, 벨라루스의 농민들이 '구덩이'[2]에 빠지듯, 안개 낀 늪지에 빠지는 것이다. 도대체 출구는 어디에 있는가? '비엔나소시지'나 가죽 채찍일까? 가죽 채찍, 아니면 공허한 말들일까?

---

1 скопцы. 제정러시아의 비밀 교단인 스콥치는 성욕에 저항하기 위해 남성의 성기를 거세하고 여성의 유방을 절제하는 의식을 치르며 격렬한 원무를 통해 황홀경과 예언의 영을 이끌어내려 한다.
2 окно. '창문'을 뜻하는 이 단어에는 수업들 사이의 빈 시간이나 물건을 꺼내는 입구, 틈새, 구멍, 물웅덩이 등 다양한 의미가 포함되어 있다. 러시아의 시골에서는 농민들이 숲이나 늪을 돌아다니다 '구덩이'에 빠져 실족사하는 경우가 잦았다.

12월 10일

민코비치 부인이 내 방문을 두드린다.

"대령님, 누가 찾아왔어요."

난 몸을 돌린다. 문지방에 흰 털모자를 쓴 젊은 여인이 서 있다. 회색 퉁방울눈, 볼연지를 바른 둥근 얼굴. 그녀가 머뭇거리며 내게 다가온다.

"놀라셨나요? 제가 체체리나입니다."

난 놀라지 않는다. 그녀는 여기로 오지 않을 수 없었다. 그녀는 암늑대처럼 내몰리고 포위당했다. 나는 그녀에게 의자를 내민다.

"앉아요."

그녀는 손수건을 꺼내고 흐느낀다. 난 침묵한다. 페쟈와 예고로프가 문가에서 소리 없이 몸을 들이민다. 그들은 강렬한 눈빛으로 그녀를 뚫어지게 쏘아본다.

"제가 온 것은……, 제가 온 것은 당신께 봉사를 제공하기 위해서입니다."

"어떤 봉사를……?"

"백군으로 복무하고 싶습니다."

"당신은 체카 요원이었잖습니까?"

그녀는 눈물을 비치며 말한다.

"강요당했습니다……. 마지못해……."

"당신의 남편이 교수형을 당했잖아요?"

"그 사람은 제 남편이 아니라……."

뜨거운 고리가 내 목을 짓누른다……. 그녀는 자신의 손으로 우리 병사들을 총살했다. 그녀는 죽음 앞에서 그들을 우롱했다. 우리는 그녀의 남편을 목매달아 죽였다. 그런데 이제는 그녀가 자기편을 배신한다.

"난 당신을 우리 부대에 받아들일 수 없습니다."

그녀는 미소를 지으며 눈을 내리깐다.

"헛수고군요……. 전 모든 준비가 되어 있습니다……."

"모든 준비요? 내 얘기를 잘 들으십시오. 당신의 선택에 맡기겠습니다. 내가 당신을 저기 저들에게 넘길까요, 아니면……, 아니면 당신이 직접 총으로 자살하겠습니까? 결정하십시오."

예고로프와 페쟈가 조금씩 그녀에게 다가간다. 그녀는 내 말을 믿지 않는다. 그녀는 말한다.

"농담하시는 건가요?"

"아뇨."

"설마 그럴……."

"전령!"

그녀가 일어섰다. 그녀는 마침내 이해했다. 더 이상 울지도 웃지도 않는다. 그러더니 갑자기 바닥에 털썩 쓰러진다. 별안간 힘이 빠진 풍만한 몸이 부들부들 떤다. 나는 말한다.

"치워."

예고로프가 다가와 부츠로 그녀를 쿡쿡 찌른다.

"일어나, 마녀야……. 때가 됐군."

페쟈가 외눈을 찡긋한다.

"자, 부인, 털을 깎을 시간입니다.[1]"

---

1 제정러시아 시대에 군대에 입대하는 남자는 앞머리를 잘라야 했다. 그래서 '앞머리를 깎였다'라는 표현은 '군대에 징집됐다'를 뜻하는 관용어가 되기도 했다. 한편

12월 11일

'소금은 좋은 물건이다. 그러나 만일 소금이 짠맛을 잃으면 무엇으로 다시 짜게 하겠느냐? 자기 안에 소금을 간직해라'[2] 루가의 복음서에는 이렇게 적혀 있다. 우리에게는 소금이 부족하다. 단단하고 짠 소금. 그들에게도, 타협하기 어려운 우리의 적들에게도 소금은 꽤 있다. 편안한 안락의자, 깨끗한 방, 균형 잡힌 삶의 시각에서 보면, 우리도 그들과 다를 바 없는 약탈자일 뿐이다. 난 이미 말했다. '우리는 한통속'이라고. 그렇다고 치자. 하지만 난 또다시 묻는다. 안락한, 아니 사실은 비열한 삶과 우리의 죄 많은 인생 중 무엇이 더 나은가? 성자 카시얀, 아니면 성자 니콜라이, 누가 더 진실에 가까운가? 사제복을 입고 경건하게 기도하는 카시얀. 누더기 차림으로 진흙탕에서 피 흘리는 니콜라이. 그러나 사실 1년에 열 번 정도는 사람들도 니콜라이 축일을 축하하지 않는가? 우리는 무엇을 알고 있는가? 과연 우리에게 아는 것이 허락되기나 할까? '내가 보니 검은 말 한 필이 있고 그 위에 탄 사람은 손에 저울을 들고 있었습니다.'

페쟈는 부엌에서 설거지하는 여자에게 구애한다. 그 여자는 뚱뚱하고 나이가 많지만 페쟈는 별로 까다로운 편이 아니다. 그는 오늘 멋지게 차려입고, 기름으로 가르마를 매만지고, '자작나

유죄를 선고받은 남자 죄수는 머리통의 반쪽을 삭발하도록 되어 있었다. 페쟈가 이 상황에서 무슨 뜻으로 "털을 깎을 시간입니다"라고 말하는지는 분명치 않다.

2 루가의 복음서 14:34에는 "소금은 좋은 물건이다. 그러나 만일 소금이 짠맛을 잃으면 무엇으로 다시 짜게 하겠느냐?"라고 적혀 있다. 35절에는 "자기 안에 소금을 간직해라"라는 구절 대신 "땅에도 소용없고 거름으로도 쓸 수 없어 내버릴 수밖에 없다. 들을 귀가 있는 사람은 알아들어라"라는 구절이 뒤따른다. 화자인 '나'가 성서 구절을 부정확하게 인용한 것이다.

무 크림'을 발랐다. 그가 말하듯이, '미인을 위해서'다. 그는 괴로운 듯 기타 줄을 퉁기고, 식모는 찢어질 듯한 소리로 깔깔거린다. 페쟈의 영혼은 평온하다.

12월 12일

적군이 공세로 전환했다. 나는 다리로 간다. 우리가 사로잡은 적군 병사들이 다리를 지키고 있다. 브레제가 그들을 지휘한다. 강 건너편에는 헐벗은 떨기나무 숲과 나지막하고 무성한 풀숲이 있다. 이 풀숲에 저격병들의 산병선이 있다. 적군이 마지못한 듯, 이유도 모르는 듯 권태롭게 총질을 하고 있다. 다리 위에 기관총들이 설치되어 있다. 한 기관총 사수가 나를 알아보고 유쾌하게 말을 건다. 각반을 찬 붉은 머리의 키가 큰 장정이다.
"건강을 기원합니다,[1] 대령님."
"어떻게 지내나?"
"저희들은 잘 지냅니다."
"어느 편 상황이 더 좋지?"
"우리 편입니다."
우리 편이라니, 어느 편을 말하는 걸까? 우리 편일까, 아니면 저쪽 편일까? 사실 이쪽이나 저쪽이나 다들 우리가 아닌가. 나는 묻는다.
"어째서 더 좋다는 건가?"

---

1 병사가 장교에게 하는 인사말.

그가 입이 찢어져라 싱글벙글 웃는다.

"어떻게 그런 말씀을 하십니까? 우리는 적어도 무엇을 위해 싸우는지 압니다."

"무엇을 위해서지?"

"러시아를 위해서입니다."

러시아를 위해서라……. 예고로프와 똑같다. 그러니까, 러시아는 쓸모없는 단어도, 초등학생 지도 위의 생명 없는 지명도 아닌 것이다. 즉, 나 혼자만 그 단어에 절실한 애착을 느끼는 것이 아니다. 그러니까, 러시아의 목소리는 이 소박한 심장들 속에서도 울리고 있는 것이다. 러시아……. 우리의 생명과 우리의 진정한 사랑은 그녀에게, 우리의 어머니에게 있다.

12월 13일

적군이 공격한다. 또다시 유탄들이 작열한다. 또다시 유산탄이 날카로운 소리를 낸다. 골롭카가 귀를 쫑긋 세우며 강 쪽으로 낯짝을 돌렸다. 난 골롭카를 진정시키고 포대 쪽으로 천천히 말을 몬다. 하지만 바로 가까이 머리 위에서 바퀴가 빙글빙글 돌며 끽끽거렸다. 불이 번쩍였다. 뜨거운 연기 냄새가 났다. 난 무심결에 몸을 뒤로 젖히며 말고삐를 늦춘다. 골롭카가 뒷발로 서서 비상한다……. 브레제가 나를 따라잡는다.

"유리 니콜라예비치, 이제 못 버팁니다."

내 얼굴로 피가 확 솟구쳐 오른다.

"왜?"

하지만 그는 평온히 대답한다.

"못 믿겠습니까? 직접 눈으로 보십시오."

난 보았다. 우리의 적군 포로들은 창기병들 못지않게 용감히 싸운다. 그들은 싸우지 않을 수 없다. 적군이 승리하면 그들은 총살된다. 그런데 그들이 많이 살아남았을까? 하지만 산병선은 이미 다리 위에 있다. 하지만 언덕 너머 포대에 이미 "우라!" 하는 함성이 울려 퍼지고 있다…….

12월 14일

결국 끝났다. 우리는 퇴각하고 있다. 난 무엇을 얻었는가? 뒤에는 조국의 벽촌이 있고, 앞에는 타국의 경계선이 있다. 모스크바는 어디에 있는가? 모스크바에 대한 염원은 어디에 있는가?

또다시 서리 덮인 침엽수림과 재갈 소리와 규칙적인 말발굽 소리. 또다시 골롭카가 콧김을 내뿜고, 가죽 안장이 삐걱거린다. 또다시 익숙한, 아니 새로운 백 년의 피로. 창기병들은 더 이상 노래하지 않는다……. 난 얼마 남지 않은 그들의 대열을 돌아보았다. 여름 외투를 걸친 브레제는 침울하게 말을 몬다. 예고로프도 똑같이 침울하게 말을 몬다. 페쟈만 영혼의 활기를 잃지 않는다. 그는 모피 옷깃을 세웠다. 그는 따뜻하다. 그가 작은 소리로 흥얼거린다.

> 우리가 무도회에 갔을 때,
> 무도회에, 무도회에,

사람들이 우리를 무도회에서 쫓아냈지,
목덜미를 잡고 끌어냈지…….

난 구령을 붙인다.
"빠른 걸음으로…… 앞으로 갓!"

검은 말

2부

7월 3일

그루샤[1]가 풀밭에 앉아 있다. 그녀는 장밋빛 재킷 차림이다. 날이 저문다. 따뜻한 대기에서 모깃소리가 윙윙거린다.

"그루샤, 알아냈어?"

"알아냈어."

"몇 명이야?"

"전부 세 명. 오른쪽으로 네 번째 집에 있어. 아침부터 밀주를 마셔대고 있어."

"도시 놈들인가?"

"맞아. 르제프에서 왔어. 한 명은 붉은 머리의 공장 직공이야. 또 한 명은 털이 덥수룩한데 사제 같아. 그리고 나머지 한 명은 꼭 서기처럼 생겼어."

"집행위원회에서 온 놈들이야?"

"맞아. 비열한 놈들……. 그자들에게 증명서와 라이플총이 있어. 새끼 오리들을 센다[2]는 말도 있잖아."

그녀가 소리 내어 웃으며 하얀 이를 드러낸다. 그러더니 팔꿈치로 얼굴을 가리고 한바탕 웃어댄다.

"그루샤, 무섭지 않아?"

"뭐가 무서워? 내 손으로 그놈들의 목을 졸라 죽일 거야. 밤에 몰래 가서 목을 조를 거라고. 셋 다 죽이면 3코페이카[3]는 받겠

---

1 아그라페나 혹은 아그립피나의 애칭.
2 러시아 속담에 '병아리는 가을에 센다'라는 말이 있다. 일이 끝날 때까지는 결과를 속단하지 말라는 뜻이다. 그루샤는 '나'에게 작전이 끝날 때까지 조심하라는 당부를 전하고자 이 속담을 부정확하게나마 사용한 듯하다.
3 러시아의 통화 단위로 루블의 100분의 1에 해당한다.

지."

"놈들이 총을 쏠 텐데?"

"아마, 못 쏠걸……. 난 숲으로 도망칠 거야. 당신에게로……."

난 그녀 옆에 나란히 앉는다. 그녀는 고개를 숙였다. 그러더니 쭈뼛거리며 나를 한 손으로 밀친다.

"나리……, 자기야……, 남들이 보잖아……."

7월 4일

우리는 4주째 숲에 있다. 내게는 스물여섯 명의 부하, 말하자면 '비적들'이 있다. 우리에 관한 전설이 생겼다. 우리가 2개 사단이고 칼루가를 점령했으며 지금은 모스크바로 진격 중이라고들 한다. 마침내 자신들의, 농민들의 정권이 들어서서 '악마들'을 징벌하고 있다는 소문이 큰 인기를 모으며 빠르게 퍼지고 있다. 근방의 모든 주민들이 우리를 믿고 있다. 난 스톨프치에서도, 모자리에서도, 주보보에서도, 시쳅카에서도 선동할 수 있을지 모른다. 그러나 난 때와 기한을 알지 못한다.

오늘 난 새벽에 일어나 길도 없는 곳을 돌아다녔다. 발밑에는 고사리와 이끼가, 머리 위에는 밤비에 씻긴 말간 하늘이 있다. 아직 아침이다. 아직 햇살이 따뜻하지 않지만 꿀벌들은 벌써 산딸기 위에서 붕붕거린다. 난 부지런한 눈길로 벌들을 지켜본다. 벌들은 짧은 여름을 살고, 우리는 짧은 인생을 산다. 벌들은 일하고, 우리는 싸운다. 벌들은 달콤한 벌집을 남기고, 우리는……. 우리는 무엇을 남길까?

나는 '녹색군'[1]이다. 난 푸른 숲에 숨어 있다. 행복하다. 난 러시아의 종복이어서 행복하다.

7월 5일

늦은 저녁, 우리는 울타리를 따라 스톨프치로 접근한다. 나, 예고로프, 그리고 페쟈. 삼과 회향풀 향기가 진하게 풍긴다. 달이 빛난다. 달빛 속에 키 큰 그림자가 보인다. 하얀 머릿수건을 쓴 그루샤다. 그녀가 속삭인다.

"이쪽으로 와요. 이쪽으로……."

그녀는 우리를 곧장 뒤쪽으로 안내한다. 오른쪽으로 네 번째 농가에서 난 창문을 조심스럽게 두들긴다.

"거기 누구요?"

"주인장, 잠깐만 나와 보시오."

빗장이 끽 하고 열리고, 문에서 머리 하나가 나온다. 난 '사제처럼 보이는 털북숭이'를 알아보았다. 그는 주위를 둘러보며 허

---

1 1918-1920년에 활동한 농민 파르티잔의 명칭. 내전 중에 레닌의 볼셰비키 정부는 도시 노동자와 적군의 식량을 확보하기 위해 농민들에게서 강제로 식량을 징발했다. 전쟁과 흉년으로 농촌의 생산 수준은 겨우 자급자족할 정도였는데, 적절한 대가도 없이 강제로 식량을 공출당하자 1918년 봄부터 가을 사이 농촌에서는 코뮤니스트들과 공출 담당 관리에 대한 테러가 급증했다. 게다가 지주와 귀족들로 구성된 백군은 비록 반볼셰비키 세력이긴 해도 농민의 토지 소유를 딱히 지지하지 않았기 때문에 백군에게 의지할 상황도 못 됐다. 그래서 1920년 이후에는 간헐적으로 벌어지던 테러가 대규모 농민 폭동으로 커진다. 탐보트(모스크바에서 약 420킬로미터 떨어진 러시아의 중남부 도시)에서는 사회혁명당 좌파인 안토노프를 중심으로 적군 탈주병들과 몰락한 농민들이 모여 '녹색군'이라는 군대를 이루었다. 이들이 소비에트 관리들을 살해하고 철도역과 곡물 집산지를 점령하는 등 점차 세력을 키우자, 1920년 12월 레닌은 '비적 퇴치 특별위원회'를 조직해 이들을 대대적으로 진압했다.

리춤을 긁어댔다.

"르제프에서 온 동무요?"

"그래⋯⋯. 넌 누군데?"

난 대답하지 않았다. 난 한 손을 들어 겨누지도 않고 방아쇠를 당겼다. 노란 불꽃이 번쩍하고, 현관 계단에 연기가 피어올랐다⋯⋯. 난 들어가지 않았다. 예고로프와 페쟈가 들어갔다. 여전히 달이 빛난다⋯⋯. 인적 없는 거리의 대문가에 그루샤가 서 있다. 그녀의 입술이 반쯤 벌어져 있다. 그녀는 잦고 힘겹게 숨을 몰아쉰다. 하지만 자리를 뜨려 하지 않는다. 난 말한다.

"집으로 가, 그루샤."

그녀가 바들바들 떤다.

"아니⋯⋯. 왜⋯⋯? 끝날 때까지 기다릴 거야⋯⋯."

7월 6일

예고로프가 내게 말한다.

"우리가 들어가자 그자가 저한테 달려들었습니다⋯⋯. 붉은 악마 같은 놈, 그놈이 제 손을 물어뜯었습니다⋯⋯. 그래서 페쟈가 재빨리 그놈을 총살했습니다. 또 한 놈이, 그 빌어먹을 놈이, 폴라치[1]로 기어올라 부들부들 떨더군요. '용서해 주세요, 정교도

---

1 러시아식 벽난로인 페치카의 맞은편 벽을 따라 천장 아래에 마루를 설치해 침실처럼 사용하던 공간. 좁은 공간의 효율성을 높이기 위해 마루 아래쪽은 다른 용도의 생활공간으로 활용했다.

여러분, 그리스도를 위해[2]…….' 제가 말합니다. '넌 끝났어. 하느님께 기도나 해, 개새끼야.' 그러자 그놈은 계속 자기 말만 합니다. '충실히 받들겠습니다. 여러분들을 위해 소책자도 인쇄해 드리겠습니다.' 낯짝은 피투성이고 한쪽 눈은 퉁퉁 부어 있는데, 그런 그가 소책자에 대해 논합니다. 웃음이 나왔죠. 저술가도 있다니……."

정오다. 찌는 듯하다. 숙영지는 텅 비었다. 누구는 보초를 서고, 누구는 정찰을 나갔고, 누구는 자고 있다. 가지를 넓게 뻗은 단풍나무의 그늘에서 '비적들'이 '아쿨카'[3]를 한다. 물론 폐쟈도 끼어 있다. 그는 웃기도 하고 눈을 깜박거리기도 하고 속임수도 쓴다. 그는 '아쿨카'를 놓쳐본 적이 없다. '그것은, 말하자면, 운이 좋았던 것이다…….' 예고로프가 침울하게 바라본다. 그는 오랫동안 바라보더니 화를 내며 침을 뱉는다.

"제기랄! 담배 냄새를 풍기면서 도박으로 악마나 기쁘게 하라지. 이교도들 같으니……. 두고 봐. 영원한 불에서 활활 탈 테니……. 주님은 너희들의 죄를 용서하시지 않아!"

7월 8일

이반 루키치는 한때 소비에트의 '노동자'였다. 어제는 '이스

---

2 구걸하거나 강하게 요청할 때 사용하는 표현이다.
3 акулька. 카드놀이의 일종. 마지막까지 패를 가진 사람을 '아쿨카'라고 부르며, 아쿨카가 된 사람이 승자가 된다.

폴콤'[1]에 출석하고, '시험'을 위해 마르크스 이론을 달달 외우고, '프치크'[2]에 절대적으로 충성했다. 오늘 그는 우리와 함께 숲에 있다. 키가 크지 않지만 어깨는 넓고 탄탄하다. 재단은 잘 됐는데 재봉이 매끄럽지 않다.[3] 그는 하급 사제의 아들이며 '사상불순'으로 쫓겨난 신학생이다. 그는 엄격한 정진을 피해 무기도 없이 혼자 나를 찾아와 음울하게 이런 선언부터 했다.

"제가 볼셰비키라는 것을 미리 말하지 않을 수 없군요."

난 호기심에 찬 눈으로 그를 바라보았다.

"녹색군이 되고 싶습니다."

"볼셰비키면서 녹색군이라……."

"네. 애들 장난은 충분히 했습니다. 조금씩 좋아질 겁니다……. 어쨌든 조만간 당신네들이 이길 겁니다."

"어느 쪽이 '우리 편'입니까?"

"그야 농민들의……."

나는 그의 솔직함이 마음에 들었다. 난 그에게 브라우닝총과 라이플총을 주고는 그에게 같은 식으로 반격하며 말했다.

"당신은 압니까? 우리는 사람들을 목매달아 죽일 뿐만 아니라 약탈을 하기도 합니다."

"코뮤니스트들을요? 자업자득입니다."

"어째서요?"

그는 얼굴을 찡그렸다.

---

1 Исполком. 소비에트 행정위원회.
2 Вцик. 러시아 중앙집행위원회.
3 '재단은 매끄럽지 않지만 재봉은 탄탄하게 됐다'라는 러시아 속담을 패러디한 표현이다. 겉모습은 투박해도 견고하게 만들어진 물건이나 외양은 매력적이지 않아도 내면이 견실한 사람을 가리킬 때 위의 속담을 사용한다.

"저는 바보같이 그자들을 믿었습니다……. 그런데 그자들 모두 거짓말을 하더군요. 더러운 놈들. 그자들은 어느 누구도 삶을 살게 내버려두지 않습니다. 자기 주머니만 챙깁니다. 그뿐입니다."

7월 9일

밤이면 그루샤가 찾아온다. 오솔길을 따라 맨발로 몰래 숨어든다. 그녀의 눈빛은 나를 흥분시킨다. 그녀의 젊은 육체는 나를 흥분시킨다. 그녀 안에는 끝없이 넘쳐나는 힘이, 억제하기 힘든 거의 동물적인 갈망이 있다. 대지는 평온을 호흡한다. 은하수가 고요히 빛난다. '비적들'은 아이들처럼 자고 있다. 우리 안에는 타오르는 불꽃이 있다.

그러나 그루샤는 타인이다. 나에게는 그녀의 순박한 말투가 낯설기만 하다. "제비……, 작은 매……."[4] 난 올가를 떠올린다. 나를 안고 있는 이 여인이 그루샤가 아니라 올가인 것 같다. 나의 입맞춤을 갈구하는 여인도 그루샤가 아니라 올가인 것 같다. 올가……. 우리를 갈라놓은 우물의 밑바닥은 어디에 있는가?

---

4 '제비'와 '매'는 젊은 남자나 연인을 다정하게 부르는 속어다.

7월 10일

'또 번개가 치고 큰 소리가 나며 천둥이 울리고 큰 지진이 일어났습니다. 이런 큰 지진은 사람이 땅 위에 생겨난 이래 일찍이 없었던 것입니다.'[1] 그러나 아코디언은 '무아지경에 빠져' 경쾌한 소리를 내뿜고, 젊은이들은 조야한 차스투시카[2]를 목청껏 불러 댄다. 그러나 마을 주위에 둘러친 울타리에서는 하얀색 머리[3]의, 물론 이가 들끓는 사내아이들이 서로 주먹질을 한다. 그러나 밀주가 뿌옇다. 그러나 관솔불이 탁탁 소리를 내고 수지가 방울져 떨어진다. 그러나 상스러운 욕설이 도끼처럼 허공에 매달려 있다. 여전히 긁힌 상처로 뒤덮인 듯한 들판, 오랫동안 마차가 다니지 않은 똑같은 시골길. 중요한 것은 바로 그곳에서 '가재들이 겨울잠을 잔다'는 것이다. 이 '가재들' 위에서 나는 오랫동안 아무 결실 없이 싸우고 있다……. '번개와 큰 소리와 천둥'은 어디에 있는가? 그런 것은 없다. 차르 시대에 있던, 모든 농민과 모든 러시아에 가해지는 전제적인 채찍질이 있을 뿐이다. 그래서 피바다가 흐른 걸까?

그루샤의 아버지, 스테판 예고리치는 '중농', 즉 예전에는 부유했지만 지금은 반쯤 몰락한 농민이다. 나는 그에게 왜 마을 사람들이 '백군'을 지지하지 않는지 물어보았다. 그는 잠시 생각에

---

1 요한의 묵시록 16:18.
2 4행시의 짧은 선율을 되풀이하면서 이야기를 풀어가는 민요 유형이다. 주제는 연애나 가족인 경우가 많다. 보통 아코디언이나 러시아 민속 악기인 발랄라이카의 반주가 따른다. 19세기 말과 20세기 초에 노동자 구비문학 시대가 열리면서 속요에도 서서히 사회적이고 정치적인 주제가 스며들기 시작했다.
3 11월 17일 일기 중 '아마색 머리' 각주 참조.

잠겼다.

"존경하는 대장, 어떻게 설명하면 좋을까? 이 문제는 그저 애들 장난이 아니거든. 이런 걸 생각해 봐. 난 매처럼 가난해.[4] 우리 집의 이콘[5]들 위에는 거미줄이 쳐져 있어. 그 대신 난 나 자신의 지주 나리야. 그런데 장군들이 돌아오면, 난 어쩌면 부유해질지도 모르지만 자기 하타[6]에서 주인으로 살지 못하고 귀족의 안마당에서 하인 노릇이나 하겠지. 바로 그게 문제라니까.[7]"

"하지만 자네는 지금도 여전히 채찍질을 당하잖나."

"그렇지. 하지만 채찍질을 하는 사람들이 누구야? 나 같은 사람들이잖아. 우리의 형제, 공장 직공이나 농부……. 우리는 아마 그 파충류 같은 놈들을 물리치게 될 거야. 하지만 귀족들은 물리치기가 좀……."

지주의 장원에서는 '가재들도 겨울잠을 자지' 않는 걸까?

---

4 '매처럼 가난하다'는 표현은 가난하기 짝이 없음을 뜻하는 러시아어 관용적 표현이다.
5 원문에는 'образ', 즉 성상聖像으로 되어 있는데 러시아 문화에서 성상이란 대개 이콘икона을 뜻한다. 이콘은 그리스도, 성모마리아, 성인, 천사 등을 목판에 그린 다음 후광, 머리 장식, 의복 등을 금은보석의 장식으로 꾸민 것이다. 제정러시아의 사람들은 교회뿐 아니라 가정에도 이콘을 비치해 어려운 일이 있을 때마다 그 앞에서 기도했고, 심지어 여행을 다닐 때에도 휴대했다.
6 хата. 러시아 남부와 서부, 우크라이나, 벨라루스, 폴란드 등의 농촌에서 짚과 나무로 짓던 자그마한 전통 가옥.
7 제정러시아 시대의 농민들은 상대의 나이, 지위, 신분에 상관없이 상대방에게 낮춤말을 썼다. 그것은 농촌의 관습이라기보다 농민에게 글을 배우거나 문법이 복잡한 존댓말을 익힐 기회가 주어지지 않았기 때문이다. 농노나 평민들 중에 존댓말을 쓸 줄 아는 이들은 귀족을 가까이에서 상대하는 하인이나 상인 들 정도였다. 스테판 예고리치의 딸인 그루샤는 존댓말을 쓸 줄 알지만 화자인 '나'에게는 친근한 낮춤말을 사용하고 있다.

7월 11일

이반 루키치가 두홉시나 마을에 다녀왔다. 그는 다음과 같이 보고한다.

"저는 마을로 들어가 '동무들, 손 들어!' 하고 말합니다. 농부들은 무릎을 꿇었고, 관리인이 제 손에 열쇠 꾸러미를 슬쩍 쥐여주었습니다. '두목님,[1] 열쇠 여기 있습니다.' 저는 물자들을 창밖으로 던지라고 지시했습니다. 옥양목, 못, 가죽, 구두창이 나왔습니다. 그다음 저는 농부들에게 말합니다. '가져가라, 친구들, 모두 너희들 것이다.' 그들은 믿지 않습니다. 두려워합니다. 그래서 제가 한 사람의 목덜미를 후려쳤습니다. '가져가, 멍청아. 내가 가져가라고 했잖아.' 사람들은 재빨리 물건을 집어 들어 수레에 싣기 시작했습니다. 그런데 당 활동가인 관리인은 꼼짝 않고 계속 서 있다가 갑자기 모자를 바닥에 내동댕이쳤습니다. '에잇, 제기랄, 내가 다른 놈들보다 못한 게 뭐가 있어?' 그러더니 그도 수레에 물건들을 싣기 시작했습니다. 코뮤니스트들이요……? 전 그들을 잘 압니다. 그들도 다 똑같습니다."

이반 루키치는 소비에트 루블로 막대한 돈을 가져왔다. 난 그 돈을 돈궤에 넣어두었다. 돈궤 옆에 보초를 세웠다. '비적들' 때문에 불안하다. 잠시만 한눈을 팔아도 자기편의 돈까지 훔치는 놈들이다. 나 또한 이렇게 말할 수 있을 것이다. "녹색군……? 난 그들을 잘 안다. 그들도 다 똑같다."

---

[1] атаман. 반란군의 수령, 백군 파르티잔의 우두머리 등에게 붙이던 호칭이다.

7월 12일

그루샤가 내게 말한다.
"언제 르제프를 점령할 거야?"
"르제프?"
"응. 언제까지나 페치카 위에서 유유자적하지는 않겠지……."[2]
"페치카라니……?"
그녀가 소리 내어 웃는다.
"페치카가 아니면 뭐라고 해? 당신들은 그리스도의 천국에라도 있는 양 지내잖아. 말이든, 암양이든, 암소든, 밀주든 당신들에게는 모든 것이 있어. 귀족들처럼 식탁보까지 깔고 먹지. 상인들처럼 모피 외투를 입고 편안히 쉬기만 하잖아……. 봐, 저 애꾸눈이 얼마나 뒤룩뒤룩 살이 쪘는지……."
"페쟈 말이야?"
"응, 당신의 교수형 전담 부하."
"그루샤, 부러운 거야?"
"부러워서가 아니야. 정교도들이 기다리고 있어."
"뭘 기다리는데?"
"당신이 모스크바로 진격할 때를."
나는 그녀를 바라본다. 장밋빛 재킷을 걸친 그녀가 맨발로 내 옆에 나란히 있다. 검은 눈동자에는 조금의 망설임도 없다. '모스크바로 가야 해.'
"왜 농민들은 가지 않지?"

---

2 농가에서는 페치카의 평평한 위쪽 면을 잠자리로도 이용했다.

"힘이 없잖아."

"우리도 힘이 없어."

"당신이? 당신한테 힘이 없다고?"

그녀는 말을 하고 싶어 했지만 그러지 못했다. 그녀는 믿고 있다. 나와 함께 있으면 뭐든지 가능하다고. 운명이 나를 '전장으로 보내지' 않았던가.

7월 13일

저녁 무렵 난 숙영지로 돌아온다. 해가 지고 숲에는 어둠이 짙어진다. 멀리서 사람들의 목소리가 들려온다. 숲속 빈터의 '아쿨카' 단풍나무[1] 아래에서 모닥불이 타오른다. '비적들'이 북적댄다. 불길의 붉은 혀들이 활활 타오른다.

"예고로프!"

그는 모닥불에 슬그머니 장작개비들을 밀어 넣는다. 그런 다음 느릿느릿 내게로 다가온다.

"예고로프, 무슨 일이야?"

"스파이 동무를 화형시키는 중입니다."

"뭐……?"

난 시선을 돌렸다. 그제야 비로소 단풍나무 옆에 사람이 서 있는 것을 알아차렸다. 그는 나무에 묶여 있다. 난 그가 모자리에서 온 농민 시니친임을 알아보았다. 연기 사이로 맨살을 드러낸

---

[1] 7월 6일 일기에 등장한 단풍나무. 단풍나무 아래에서 녹색군들이 아쿨카 도박판을 벌이곤 해서 그런 별명이 붙었다.

어깨가 희뿌옇게 보인다. 위로 쳐들리고 마구 헝클어진 검은 수염이 삐죽 솟아 있다.

"파렴치한 놈들……!"

"절대로 그렇지 않습니다, 대령님. 저놈을, 저 빌어먹을 놈을 도대체 어떻게 하란 말씀입니까? 태형으로 죽이면 시간이 너무 많이 걸립니다. 목매달아 죽이면 사람들이 굉장히 수치스러워할 겁니다……. 그래서 천천히 태워 죽이는 겁니다."

난 휙 돌아섰다. 그러고는 뒤도 돌아보지 않고 들판으로 향했다. 자리를 뜨는데 이런 말이 들렸다.

"폐쟈, 수염에, 그놈 수염에 불을 붙여."

7월 14일

폐쟈는 동물을 좋아한다. 그는 사랑을 담아 말들을 돌보고 사랑을 담아 소젖을 짠다. '말 못 하는 동물'이 그에게는 친구다. 그는 마을에서 카시탄카[2]라는 강아지를 주워 품속에 넣어 숙영지로 데려왔다. 배가 볼록하고 몸에 다갈색 반점들이 있는 아주 작고 하얀 강아지다. 강아지는 풀밭에서 굼뜨게 기다가 폐쟈의 부츠에 코를 부딪곤 한다. 폐쟈는 보모처럼 강아지를 무릎 위에 올려놓는다. 그는 자기 빗으로 벼룩을 훑어주고, 빗질이 끝나면 강아지를 비누로 씻긴다. 조용하면서도 열정적이다. 그는 프스코프 사투리로 나무꾼처럼 노래한다.

---

2 안톤 체호프의 단편소설 「카시탄카」 속 동명의 개에서 따온 이름으로 보인다.

언덕에서, 산에서,
그곳에서 모기들이 싸우네.
두 마리는 싸우고,
두 마리는 낄낄거리고,
두 마리는 뒈지고······.

7월 15일

여름비가 나를 깨웠다. 날이 밝아온다. 바스락대는 잔잔한 소리가 숲속에 퍼진다. 온통 습하다. 온통 흐리다. 난 일어난다. 막사 옆에서 보초병이 졸고 있다. 다른 '비적들'도 뒤엉켜 자고 있다. 그들은 '이런 것에 익숙하다'.[1] 그들은 이미 오래전에 불안을 잊었다. 나는 비의 냄새를 들이마신다. 아련한 빗소리에 마음이 즐거워진다. 난 눅눅하면서도 시원한 공기를 마신다. 정신이 혼미해진다. 그러자 또다시 숙영지가 사라지고 내가 사라지고 '비적들'이 사라지고 숲이 사라진다. 영원한 삶, 축복받은 단 하나의 삶만 있다. 그리고 어딘가에 올가가 있다.

---

1 11월 21일 일기에서 '나'가 나팔수 바라보시카에게 제대로 먹지도 자지도 못하면서 싸우는 게 힘들지 않냐고 묻자 그가 "전혀 힘들지 않습니다. 우리 스코핀 사람들은 이런 것에 익숙합니다"라고 말한다. 이 7월 15일 일기에서 '나'는 그날 바라보시카가 했던 말을 떠올리고 있다.

7월 16일

그루샤가 두 손으로 얼굴을 감싸고 깔깔거린다. 어깨가 흔들리고 풍만한 가슴이 출렁인다. 나는 묻는다.

"그루샤, 왜 그래?"

그녀가 숨이 막히도록 웃어댄다.

"우스운 사람이야……. 너무 웃겨……. 당신의 교수형 전담 부하 말이야. 페쟈 모셴킨이라는 사람……."

"그런데?"

"어찌나 우쭐거리며 다니는지……. 날 아그라페나 스테파노브나라고 정중하게 불러. 얼마 전에는 나한테 리본을 주던걸……. 그런데 오늘은 귀찮게 따라다니더니 1루블짜리 은화를 슬그머니 쥐여주는 거야. 그래서 그자의 뺨을 한 대……. 그랬더니 데굴데굴 구르는 거야, 자기야."

"그루샤, 왜 그랬어?"

그녀는 웃음을 멈추더니 나의 눈을 엄하게 똑바로 쳐다보았다.

"왜라니……? 내가 창녀야? 내가 당신이랑 잔다고 해서 그게 내 잘못이야?"

"그럼 누구 잘못이라는 거지?"

그녀는 침묵한다. 이렇게 해서 내게 경쟁자가 생겼다. 페쟈…….

7월 17일

브레제가 칼루가 너머로 이동해 알렉시노 부근에서 코미사르의 열차를 폭파했다. 그는 전리품을 가지고 돌아왔다. 많은 돈, 많은 보석, 그리고 세 개의 전승 기념품……. 세 개의 전승 기념품이란, 기관총과 '현縣[1] 체카'의 직인과 '붉은 깃발' 훈장이다. 페쟈는 만족스러워한다.

"예전엔 마니시카[2]나 공책이 고작이었는데……. 이젠 차 한 잔 받아 마셔도 죄가 안 되겠죠."

나는 외화를 구해오도록 그를 모스크바로 보냈다. 난 인근 농민들에게 외화를 나누어줄 것이다. 물론 그들은 그 돈을 숲속에 파묻을 것이다.

막사 옆에서 이반 루키치가 브레제를 상대로 논쟁을 하고 있다. 그는 담배를 피우면서 말한다.

"당신은 자신이 중위라고 생각합니까? 중위 따위는 이미 오래전에 없어졌습니다. 이미 옛날이야기가 되어버렸단 말입니다."

브레제가 화를 낸다.

"당신은 볼셰비키잖아요."

"볼셰비키인 게 뭐가 어떻다는 겁니까? 당신의 머릿속에는 쓰레기만 차 있군요. 명예, 러시아, 민중……. 당신의 이상에 침을 뱉고 싶습니다. 난 삶을 윤색 없이 있는 그대로 받아들입니다."

"러시아가 윤색이라고요?"

"네, 러시아도 미사여구입니다. 당신은 러시아에 대해 전혀 생

---

1 губ-. 'губерния'의 약어. 우리나라의 도에 해당하는 행정 단위.
2 남자 셔츠의 일종으로 가슴 부분만 재단해서 만든 것이다.

각하지 않고 그저 자기 일을 할 뿐입니다. 개밋둑은 아주 크지요. 우리는 저마다 자신의 지푸라기를 끌고 가는 개미일 뿐이에요."

"당신은 어떤 지푸라기를 잡고 있습니까?"

"당분간은 당신과 같은 지푸라기를 잡을 겁니다. 하지만 시간이 지나면 우리는 각자의 길을 가겠죠."

브레제는 비웃는 듯한 말투로 말한다.

"물론 당신은 코민테른[3]으로 가겠죠?"

"코민테른으로 가지 않습니다. 코민테른은 악당 소굴입니다. 코민테른에는 사기꾼들이……. 난 농장을 살 겁니다. 그런데 당신은……, 당신은 구시대 인간이지요. 당신은 잡아먹힐 겁니다."

"누가 날 잡아먹는다는 겁니까?"

"그야 나 같은 인간들이죠."

브레제는 화를 내며 자리를 뜬다. 후덥지근한 대기를 보니 소나기가 올 것 같다. 페쟈가 없어서 쓸쓸한지 카시탄카가 애처롭게 낑낑거린다.

7월 18일

이반 루키치와 브레제가 또 논쟁을 벌이고 있다. 이반 루키치의 신학생다운 베이스 음색이 들린다.

"백군은 그냥 쓰레기입니다. 중위님, 당신도 이젠 이 사실을

---

3 коминтерн. 국제 공산당 조직으로서 제3인터내셔널(1919-1943)의 다른 명칭이다.

깨달을 때가 됐어요."

브레제는 언제나처럼 불같이 화를 낸다.

"백군이 쓰레기라고요? 좋습니다······. 하지만 왜죠? 약탈하고 총살하고 채찍질해서요? 녹색군은요? 이자들은 약탈을 안 합니까? 여기 있는 나도 열차를 약탈했습니다. 이자들은 채찍질을 안 합니까? 당신도 어제 카플류가에게 채찍질을 했잖아요. 무엇 때문입니까? 술기운에 그런 거죠. 술김에 채찍질을 해도 됩니까? 이자들이 총살은 안 합니까? 그렇군요, 물론, 불에 태워 죽이니까······. 도대체 당신은 왜 백군들에게 악담을 퍼붓는 겁니까?"

"악담하는 게 아닙니다. 나는 그들이 죽은 사람들이라고, 그들에게서 시체의 악취가 난다고 말하는 겁니다. 장군 각하들 말입니다. 녹색군은 다른 문제지요. 녹색군은 새로운 삶을 건설하고 있습니다."

"소브젭[1] 생활을 뜻하는 겁니까?"

"아니, 자신의 삶을 말하는 겁니다. 하긴, 소브젭이면 어떻습니까? 어떤 점에서 소브젭이 차르 시대의 지방자치회보다 나쁘다는 거지요?"

끝이 나지 않는 지긋지긋한 논쟁이 계속됐다. 그들은 무엇에 대해 논쟁하는 걸까? 백군은 죽은 자들이다. 하지만 녹색군도 하느님의 천사는 아니다. 하지만 적군도 내동댕이쳐진 관들이다. 새로운 삶······? 그것은 어딘가에서 건설되고 있다. 하지만 어디에서? 하지만 누가? 하지만 어떻게? ······. 손에 저울을 든 채 말을 탄 자는 어디에 있을까?

---

1 совдеп. 노농병勞農兵 대표 소비에트.

7월 19일

 오늘은 잠을 이룰 수 없었다. 바람이 호두나무를 뒤흔들었다. 막사가 흔들리고 펄럭였다. 단풍나무의 우듬지가 윙윙거렸다. 그러고 나서 모든 것이 잠잠해졌다. 그러나 곧 석탄처럼 검은 하늘이 쩍 갈라졌다. 숲은 하얀 불꽃에 휩싸였고, 울창한 숲속은 한층 어둑해졌다. 그리고 곧 천둥소리가 무시무시하게 울렸고, 따뜻한 빗방울이 강하고도 부드럽게 막사를 두들겼다. 어둠 속에서 예고로프가 불쑥 나타났다.
 "엘리야 선지자의 전차 소리가 사방에 울려 퍼지는군요. 그분이 구름 속에서 유다를 추격하고 계십니다."
 "왜 유다를 뒤쫓는 거지?"
 "왜라뇨? 유다가 또 지옥에서 달아났나 보죠. 그래서 하느님이 유다를 잡아 오라고 엘리야를 보내신 겁니다. 엘리야는 결코 유다를 놓치지 않을 겁니다."
 예고로프는 두 손가락으로 성호를 긋고는[2] 오랫동안 침묵한다. 그러고는 하품을 한다.
 "비가 오네요, 비가……. 아, 용서하소서, 하느님, 은혜를 내려주소서!"
 난 말한다.
 "그럼 시니친은?"
 "시니친 이야기는 왜……. 시니친은 참회도 하지 않고 죽었습니다. 지금쯤 유다와 함께 지옥에 있겠죠."

---

2 구교도들이 성호를 긋는 방식.

7월 20일

 모케이치는 4년 동안 숲속에서 숨어 지낸 늙은 '비적'이다. 난 그에게 정찰 임무를 맡겼다. 그는 르제프와 뱌짐에 다녀왔다. 그는 뱌짐에서 체포됐지만 '체카'에서 도망쳤다. 그의 '낯짝'은 온통 멍투성이고, 등에는 보라색 상처들이 있고, 손가락 하나는 잘렸다. 그의 말대로 '심문'을 받은 것이다. 그는 적군이 공격 태세를 갖추고 있다고 보고한다. 정말이지 대포로 참새를 잡는 격이다. 우리 편은 스물일곱 명이다. 내일이 되면 수천 명이 될지도 모르지만. 그래도 수천 명의 농민이 부대인 것은 아니다. 하지만 우리의 희미한 불꽃에서는 거센 불길이 타오르지 않고, 러시아 전역을 뒤덮을 불이 번지지도 않는다. '노인네'들은 '당분간' 기다려야 한다고 생각한다. 난 기다리고 싶지 않지만 실패를 알면서 가고 싶지도 않다.

 예고로프가 모케이치를 치료한다. 그는 모케이치에게 밀주를 마시게 하고, '약초'를 으깨어 상처에 붙인다. 모케이치가 신음한다. 그는 손가락을, 한 개가 아닌 101개를 자르겠노라고 맹세한다. 그는 모스크바의 전단지를 가져왔다. 거기에는 이렇게 적혀 있다. '르제프군郡에서 비적들과 앙탕트[1] 용병들과 백군 병사들의 무리가 난폭한 행동을 일삼고 있다. 동무들이여, 공화국이 위기에 처했다! 동무들이여, 모두 일어나 반혁명적 비적 행위와의 투쟁에 나서라. 에르에스에프에스에르,[2] 만세!' 난 이 격문을 소

---

1 1904–1907년에 제정러시아, 영국, 프랑스가 체결한 삼국협상을 가리킨다.
2 '러시아 소비에트 연방 사회주의 공화국Российская Советская Федеративная Социалистическая Республика'의 줄임말로 각 단어의 자음만 모은 약칭이다.

리 내어 읽는다. 예고로프가 듣고 침을 뱉는다.

"그렇게 입 밖에 내지 마세요. 레세페세르······.[3] 뭘 숨기는 거야? 악마들, 차라리 솔직하게 말하지. '적그리스도'라고."

7월 21일

그루샤가 올가의 초상화를 찾아냈다. 하얀 레이스 옷을 입은 올가가 우산을 들고 오솔길에 서 있다. 난 올가와 매우 비슷하고 아주 소박한 이 가정용 초상화를 좋아한다. 이곳은 소콜니키 공원이다. 다시는 돌아오지 않을 날들이다.

"이 여자는 누구야? 여동생?"

"아니, 그루샤, 난 여동생이 없어."

"그럼, 약혼녀?"

그녀의 얼굴이 확 붉어졌다. 얼굴에 그늘이 어렸다.

"약혼자든 아니든 귀족 아가씨겠지. 그렇게 보여······. 나 같은 소 치는 여자가 이 아가씨와 어디 경쟁이 되겠어?"

"그루샤······."

"분명 대저택에 살고 금빛 옷을 입고 은으로 된 구두 굽을 또각또각 울리면서······."

"그루샤, 그만해······."

"나도 알아······. 연애는 나 같은 촌년이랑 해도 결혼은 자기랑

---

3 예고로프는 '러시아 소비에트 연방 사회주의 공화국'의 약칭인 '에르에스에프에스에르РСФСР'의 자음 철자들 사이에 '에'라는 모음들을 끼워 넣어 '레세페세르', 즉 '루시퍼'라는 단어를 만들어낸다.

동등한 귀족 딸과 한다는 것……. 이런, 귀족 나리, 정말 그런 거야?"

내가 뭐라고 대답할 수 있겠는가? 난 침묵한다. 그녀는 나의 침묵을 알아차렸다.

"그러니까, 이 여자를 그리워하는 거지……."

그리고 갑자기 그녀가 아주 작은 목소리로 말한다.

"뭐, 어쩌겠어……. 내 팔자가 그런가 보네……."

7월 22일

그루샤가 숨을 헐떡였다. 그녀는 스톨프치 마을에서 전속력으로 뛰어왔다.

"토벌대가 왔어……. 기관총을 들고……. 150명 정도……."

"특수부대야?"

"응……. 쿠지마 노인을……. 그 세 명이 묵었던 집 기억나? 지금 그놈들이 노인을 그리스도 앞에 세워 놓고 채찍으로 때리기 시작했어. 노인은 채찍을 맞으면서 '주기도문'을 외우고……. 그놈들 대장이 노인에게 소리를 질렀어. '이 늙은이가 무슨 기도를 하고 있는 거야? 자백해…….' 그자들은 노인을 호되게 채찍질했어. 쿠지마 노인은 발을 질질 끌며 집으로 가서 폴라치에 누워 아들 미슈트카를 불렀지. '미슈트카, 놈들에게 채찍질을 당한 것쯤은 아무것도 아니다. 나야 맞아 죽어도 상관없다. 하지만 넌 총을 들고 그자들을, 그 악마들을 죽여라. 네가 죽으면, 세료가가 나설 거다.' 토벌대원들은 갑자기 농가를 돌아다니며 암소, 암양,

말, 심지어 개까지 세고, 무기를 찾고, 누가 그 악당들을 죽였는지 캐묻고 있어. 온 마을에서 신음 소리가 나. 그자들이 노인들을 모두 채찍질하고 젊은이들을 시베리아로 보낸다던데……. 오, 하느님, 정말 우리는 파리처럼 죽게 되나요……?"

그녀의 눈동자가 메마른 광채를 띠며 불타고 있다. 굳게 다문 입술. 그녀는 불안에 떨면서 내 대답을 기다린다……. 그녀는 이미 내 대답을 알고 있다.

"그루샤, 밤에 살로피힌 샘에서 날 기다려."

그녀는 이해했다. 그녀는 기뻐하며 속삭인다.

"그자들을 죽여. 죽여……. 한 놈도 살아서 떠나지 못하게, 그 저주받을 놈들이 전부 뒈져버리게……."

7월 23일

난 가장 믿을 만한 '비적들'을 열다섯 명 뽑아 두 조로 나눴다. 한 조는 내가 맡고, 다른 조는 브레제에게 맡겼다. 난 살로피힌 샘에서 스톨프치 마을로 들어갈 것이다. 브레제는 대로에서 진입할 예정이다. 우리는 오전 2시에 출발한다.

난 조원들을 호밀밭에 두고 혼자서 밭고랑을 따라 마을로 간다. 동트기 전 별들이 강렬하게 반짝인다. 마을 부근에 보초병이 있다.

"누구야?"

"제대로 보지도 못하나, 멍청한 놈."

난 군모를 쓰고 적군 외투를 입었다. 소매에는 정사각형 문양을 달았다. 장교임을 나타내는 표시다.
"연대 사령부는 어디에 있나?"
"오른쪽으로 돌아 교회 옆에 있습니다, 동무."

마을이 아니라 잠든 왕국이다. '토벌대원'들도 자고, 농민들도 잔다. 단체로 채찍질당할 준비가 되어 있다. 그루샤의 아버지가 떠오른다. '하지만 채찍질을 하는 사람들이 누구야? 나 같은 사람들이잖아……. 우리의 형제, 공장 직공이나 농부…….' 교회당 옆 토담 위에서 담뱃불이 반짝인다. 난 나간총을 꺼낸다.
"여기가 연대 사령부인가?"
"그렇다. 넌 누구냐?"
"동무다."
"동무라고? 증명서가 있나?"

박차 소리가 쩔그렁거렸다. 그가 일어섰다. 그때 내가 말한다.
"손 들어?!"

그가 검을 잡는 것이 보였다. 하지만 내가 그의 가슴에 총구를 들이대고 발사했다. 총을 쏜 후 난 현관방으로 들어간다. 참나무 문이 삐걱거리고, 노란 불빛이 눈을 찔렀다. 침상 위에는 '장교 동무들'이 있다. 모두 셋이다. 탁자 위에는 밀주가 있다. 난 다시 말한다.
"손 들어!"

난 마음 내키는 대로 왼쪽부터 차례차례 이마를 쏜다. 천천히, 신중하게, 오랫동안 총구를 겨눈다. 하지만 이미 길거리에서 웅성대는 소리가 들린다. 브레제의 목소리다. 예고로프의 목소리다. "우라……! 우라……! 우라……!" 난 현관 계단으로 나간다. 마을 사람들이 라이플총도 없이 속옷 바람으로 뛰어다닌다. 수

닭들이 목청 높여 울어댄다.

7월 24일

브레제는 '정치위원'[1]을 체포해 진영으로 끌고 왔다. '정치위원'은 코안경을 걸친 젊은이로 학생 출신인 듯하다. 그는 맨발이었다. 모케이치가 부츠를 벗긴 것이다. 그는 바들바들 떨면서 주위를 힐끔힐끔 두리번거렸다. 난 묻는다.

"넌 코뮤니스트 당원이지?"

그는 눈을 내리깐다. 차마 사실을 인정하지 못할 것이다. 난 야위고 창백하고 두려움으로 일그러진 얼굴을 바라본다.

"널 교수형에 처하겠다."

그는 먼지 바닥에 털썩 주저앉아 무릎을 꿇는다. 그는 나를 향해 무릎으로 기어 온다.

"동무! 대령 동무……! 자비를 베풀어 주십시오……! 전 아직 젊지 않습니까……."

"풋내기군……." 예고로프가 그의 말을 가로막았다. "일어나! 쓸데없이 입을 놀려 봐야 소용없어."

"전 젊습니다……. 섬길 기회를 주십시오……."

"누구를 섬긴다는 건가?"

---

1 военком. 내전과 독일의 침공에 직면한 볼셰비키는 흐트러진 군대를 재정비하기 위해 백군에 가담하지 않은 제정 시대의 장교들을 영입하고 '정치위원'이라는 새로운 직책을 두어 장교들을 감시했다. 이들의 주요 임무는 장교들의 충성심을 확인하고 정치적 훈령을 전달하며 사병들의 정치의식을 높이는 것이었다. 정치위원은 소속 부대의 장교가 모반을 꾀할 경우 직권으로 장교를 처형할 수도 있었다.

"민중을……."

"민중을 섬기고 싶다고?" 예고로프가 말한다. "악마, 개새끼."

'비적들'이 소리 내어 웃는다. 그들은 즐거워한다. '정치위원'이라더니 아직 학생인 것이다……. 길쭉한 코에서 코안경이 흘러내리고, 처진 속눈썹이 깜박이고, 눈에서 눈물이 뚝뚝 떨어졌다.

"대령 동무! 대령 동무……!"

난 막사로 돌아왔다. 곧 날카로운 비명이 들려왔다. 인간은 그런 식으로 소리 지르지 않는다. 그처럼 날카롭게 꺅꺅거리는 것은 총에 맞은 토끼다.

7월 25일

진영 뒤로 드네프르 강의 지류인 브즈모스챠 강이 흐른다. 난 한 손으로 버드나무를 붙잡고 물웅덩이로, 잔잔한 물로 내려간다……. 갈대가 내 얼굴을 할퀴고, 물에 잠긴 나무 그루터기 위에서 발이 미끄러진다. 난 강의 흐름을 따라 헤엄친다. 뱀이 내 앞을 가로질러 헤엄쳐 간다. 뱀은 혀가 둘로 갈라진 노란색 머리통을 들어 내가 일으킨 물결 속으로 쑥 들어간다. 난 뱀을 바라본다. 높이 뜬 태양과 은빛으로 흐르는 햇살과 오리나무로 뒤덮인 초록색 물가를 바라본다. 난 내 눈을 믿지 않으며 믿지도 못한다. 과연 내일도 오늘과 똑같을까? 내일은 다시 '월귤즙'이 되어버리지 않을까?

7월 26일

나는 두세 권의 책을 갖고 있다. 울창한 숲속에 있는 동안 야만스러워지지 않기 위해서다. 복음서, 푸시킨 단편집, 바라틴스키[1] 시집. 오늘 난 손에 잡히는 대로 집어 책장을 펼쳤다.

> 그러나 폭풍우가 울부짖고,
> 어두워진 궁창은
> 구름에 이르도록
> 흙먼지와 나뭇잎을 실어 올린다.
> 가엾은 영혼이여! 보잘것없는 영혼이여!
> 숙명의 바람 한 줄기가
> 주위를 맴돌며 깃털인 양 나를 빙글빙글 돌리고,
> 하늘 아래서는 뇌성이 질주한다.

이 시구는 우리에 관한 것이 아닐까? 우리가 '깃털'인 것은 아닐까? 교수형당한 '정치위원'도, 화형당한 시니친도, 반죽음이 되도록 맞은 쿠지마도 '깃털'이 아닐까? 페쟈, 예고로프, 모케이치, 녹색군, 적군, 백군, 우리는 모두 '깃털'이 아닐까? 과연 우리가 러시아의 똥거름과 씨앗일까?

> 나는 구름에 몸을 숨기고
> 지상의 경계에 상관없이 질주한다.

---

1 예브게니 아브라모비치 바라틴스키(Евгений Абрамович Баратынский, 1800-1844). 시대정신을 노래한 것으로 잘 알려진 러시아 시인.

고통에 허덕이는 이들의 무시무시한 목소리,
목소리가 폭풍우를 압도한다.

7월 27일

모스크바에서 페쟈가 돌아왔다. 그는 새 파란색 '페쟈크'[1]와 세련된 체크무늬 승마바지를 입었다. 이렇게 차려입으니 시골 서커스의 말 조련사 같다. 그는 자신의 모습에 흡족해한다. 그는 호주머니에서 계속 거울을 꺼내 가르마를 매만진다. '멋지게 다닌다'……. 난 그에게 묻는다.
"돈은 바꿔 왔나?"
"네, 대령님."
"얼마나?"
"2,500파운드요."

그는 모스크바의 풍족한 생활에 대해 이야기한다. '비적들'이 그를 에워쌌다. 그들은 정신없이 이야기를 듣는다. 나무우듬지에서 금빛으로 빛나는 저녁 해. 그 아래로 땅거미가 깔린다. 모기들이 원무를 추며 윙윙거린다.

"사람들이 인간처럼, 인간답게 살고 있어. 룰렛을 하고, 외국 술을 마시고, 롤스로이스에 여자를 태우고 다니지. 한마디로 쿠즈네츠키 모스트[2]야. 한번 가봐. 4시 무렵이 되면 대소동이 일어

---

1 педзяк. 1920년대 소련에서 주로 농민과 노동자 계층이 입던 재킷. 짧은 옷 길이, 단순한 디자인, 직선형 소매, 낮은 깃이 특징이다.
2 모스크바 중심부의 번화한 거리로 볼쇼이 극장과 크렘린궁 부근에 있다.

난다니까. 준마들, 소트콤들, 네프만들,[3] 코미사르들……. 내전 전의 차르 시대와 똑같아. 그런 게 노동자 정권이라니……. 코뮨 냄새는 맡아볼 수도 없어. 상놈들이 출세했지. 정말 제대로 살더라니까! 그런데 우리 같은 불한당들은 숲에서 버섯이나 따고 있으니……. 에잇!"

예고로프는 회색 눈썹을 찌푸린다.

"입 닥쳐, 페쟈. 유혹일 뿐이야."

"뭐? 너도 모스크바에 가고 싶지?"

"염병할 놈, 그만해……. 자넨 벌써 악마가 다 됐군. 악마들이 좋아하겠어."

페쟈가 껄껄거리며 웃는다. 손가락이 없는 모케이치도, 얼마 전에 채찍을 맞은 카플류가도, 치토프도, 센카도, 흐베도셰냐도, 그렇게 숲의 푸른 형제들 모두가 웃는다. 다들 명랑하다. 다들 부러워한다. 어디엔가 머나먼 모스크바에서는 '상놈들이 출세를 하고' '사람들이 인간답게 살고 있다'…….

'인간다운' 걸까, '롤스로이스에 여자를 태우고 다니는' 것이……. 나는 스스로에게 묻는다. 우리들은 씨앗일까, 아니면 그저 똥거름일 뿐일까?

---

3 레닌은 1921-1927년 사이에 일시적으로 신경제정책, 즉 네프라는 정책을 펼친다. 이는 사유제와 자본주의적 경제 활동을 부분적으로 허용하는 정책이다. 이 시기에 졸부가 된 이들을 '네프만'이라고 부른다.

7월 28일

이반 루키치는 회계 담당이다. 오늘 그는 파운드를 세어보고 나서 침울하게 말한다.

"파렴치한 놈들……. 도둑맞았습니다."

"많이?"

"350파운드요."

집안의 도둑이다. 가장 고약한 도둑이다. 난 '비적 떼'를 정렬시키라고 명령한다. '비적들'은 빈터에 있는 '아쿨카' 단풍나무 옆에 세 줄로 나란히 섰다. 그곳은 시니친을 장작불로 태워 죽인 곳이다. 가랑비가 부슬부슬 내린다.

"차렷!"

그들은 군대식으로 시선을 오른쪽으로 돌린 채 꼼짝 않고 명령을 기다린다. 난 말한다.

"밤에 돈을 도둑맞았다. 훔쳐 간 사람, 앞으로 나와."

뒷줄에서 웅성웅성 소란이 인다. 카플류가가 조그맣게 소곤거리는 소리가 들린다.

"이게 누구 돈인데? 사실 우리 돈 아냐? 습격할 때는 '나를 따르라'고 하더니, 막상 나눌 때가 되니까 따로 놀자는 거지……. 동지들, 내 말이 맞아, 틀려?"

카플류가는 원래 선원이었다. 하지만 그는 '혁명의 자랑과 긍지'가 아닌, 술주정뱅이에 강도, 사기꾼일 뿐이다. 난 보브루이스크에서 그를 포로로 잡았다.

"카플류가."

그는 대답하지 않는다. 남의 등 뒤에 숨어 있다. 난 또다시 부른다.

"카플류가."

그는 느릿느릿 마지못해 대열에서 나온다. 두 손을 호주머니에 찔러 넣고, 방한모는 뒤로 젖혀 썼다. 그가 비틀거린다. 술에 취한 것이다.

"모자 벗어!"

"왜요? 그냥 이렇게 서 있겠습니다. 교회도 아닌데 어떻습니까……!"

난 그의 얼굴을 세게 후려쳤다.

"닥쳐! 네가 훔쳤지?"

그는 소매로 피를 닦으며 웅얼거린다.

"훔치다니요? 절대 훔친 게 아니라…… 그냥 좀 가져갔을 뿐인데요……. 제 몫을 가져간 겁니다, 대령님."

"제 몫이라니?"

"그렇습니다. 제 몫을……."

"교수형."

예고로프와 페쟈가 그에게 다가간다. 여전히 지긋지긋한 비가 내린다.

7월 29일

숲의 우수가 나를 갉아먹는다. 난 감옥 안에 있다. 나뭇가지가 아니라 당초무늬 창살이다. 나뭇잎이 사락대는 소리가 아니라 족쇄가 철컹대는 소리다. 진영이 아니라 아무 장식 없는 네 개의 벽이다. 아니, 폐쟈, 예고로프, 브레제, 이 백묵의 원[1]에서 벗어날 수 없다. 아니, 채찍, 교수형, 총살……, 이 단단하게 맞물린 고리를 끊을 수 없다. '비방에 내 마음이 상하고 나는 완전히 지쳤습니다. 동정을 기다리지만 그런 것은 없고, 위로해 줄 이를 기다리지만 찾을 수 없습니다…….'[2] 올가는 어디에 있을까? 그녀에게 무슨 일이 일어나고 있을까?

7월 30일

> 준비하세요, 아가씨들,
> 내가 귀리 속에서 나팔을 찾았어요…….
> 나팔은 머리카락 없는 대머리,
> 귀리를 전부 빨아들였어요…….

폐쟈는 풀밭에 반쯤 누워 이탈리아식 아코디언을 연주해 보려고 애쓴다. 승마바지에 에나멜 부츠를 신은 차림이다.
"폐쟈."
그가 벌떡 일어선다.

---

1 고골의 「비이」의 한 장면을 빗대어 말한 것이다. 주인공인 신학생은 밤새 비이의 관을 지키면서 악령으로부터 자신을 보호하기 위해 자기 주위에 백묵으로 원을 그린다.
2 이 구절은 원문의 러시아어를 그대로 옮긴 것으로 러시아어 성서 68:21을 인용한 것이다. 우리말 공동번역 성서과 표준새번역 성경에서 이 구절은 시편 69:20에 해당한다. 공동번역 성서에는 "수치에 수치를 당하니 심장이 터지려고 합니다. 이 기막힌 쓰라림, 가실 길이 없사옵니다. 동정을 바랐으나 허사였고, 위로해 줄 이를 찾았으나 아무도 없었습니다"로 번역되어 있다.

"네, 대령님."

"다들 진정됐나?"

"그런데 이렇게 하는 건 어떨까요? 치토프와 흐베도셰냐에게도 채찍질을 하면 다들 완전히 정신을 차릴 텐데요……."

"그자들도 돈을 훔쳤나?"

"그런 건 전혀 아니지만…… 그래도…… 모든 화재 사건에 대비해서요."[3]

그는 카시탄카를 바라본다. 카시탄카가 장난을 치면서 페쟈의 손가락을 물려고 한다. 페쟈가 웃음을 터뜨린다.

"아이고, 이도 없는 게……. 아이고, 바보 같으니……. 그런데 대령님, 우리 형제들에겐 달리 방도가 없습니다. 우리 같은 인간들은 가르쳐야 돼요. 대령님, 우리는 칠칠치 못한 민중이라……, 우리는 그저 자기만 생각하거든요."

7월 31일

브레제와 이반 루키치가 서로 화해했다. 그들은 더 이상 싸우지 않는다. 각자 자신이 옳다고 생각하는 것이다. 그런데 페쟈의 말에 따르면, 이반 루키치는 '익살꾼'이다. 식사 도중 이반 루카치가 말한다.

"그러니까, 중위님. 중위님은 이제 전문가시죠?"

"전문가라니요? 어떤 분야에서 말입니까?"

---

3 '모든 화재 사건에 대비해'라는 러시아어 표현은 '만약의 사태에 대비해 만전을 기한다'라는 의미로 흔히 사용된다.

"여자 문제 말입니다."

브레제의 얼굴이 빨개진다.

"무슨 말을 하고 싶은 겁니까?"

"그러니까, 그 그루셴카[1]라는 여자요……. 장밋빛 재킷을 입은…… 스톨프치의 잔 다르크 말입니다. '나는 준마들을 알아봅니다…….' 시인 알렉산드르 푸시킨이 말한 것처럼요."

브레제는 접시 쪽으로 시선을 떨군다. 그가 가엾다는 생각이 든다. 난 그가 그루샤를 좋아한다는 것을 눈치챘다. 하지만 그는 소심하다. 그는 그녀에게 다가갈 엄두도 내지 못한다. 그는 그녀에게 무슨 말을 어떻게 해야 할지도 모른다. 그는 귀족이다……. 그에게는 그녀가 정말로 잔 다르크처럼 보이는 걸까?

페쟈가 쟁반에 받쳐 든 차를 건넨다. 검은 상감 무늬가 새겨진 고풍스러운 은쟁반이다. 이 쟁반은 죽은 카플류가가 어느 '국영 농장'에서 '구매한' 것이다. 이반 루키치가 계속해서 말한다.

"귀족들이 먹는 달콤한 당과를 그녀에게 가져다줘요. 아브리코소프나 시우에서 파는 그런 것 말입니다. 아니면 브로카르[2] 향수라든지……. 그리고 이렇게 상상해 봐요. 그녀가 농부의 딸이 아니라 공작부인이라고, 아니면 적어도 장군의 딸이라고……."

"아그라페나 스테파노브나요?" 페쟈가 애꾸눈을 가늘게 뜬다. "그럼요. 제대로 옷을 차려입히기만 하면 틀림없이 모든 공작부인들을 능가할 거예요. 정말 최고의 미인이 될 겁니다……. 농부 딸이 아니라 진짜 꽃봉오리예요, 중위님."

아그라페나 스테파노브나……. 그루샤……. 난 그녀를 사랑하

---

1 아그라페나 혹은 아그립피나의 애칭.
2 Брокар. 화장품과 향수의 제조를 위해 1893년에 모스크바에 설립된 회사.

지 않는다. 그러나 그녀를 누구와도 공유하지 않을 것이다.

8월 1일

그루샤가 밤중에 몰래 나를 찾아왔다. 그녀는 나를 안고 속삭인다.

"당신이 그놈들을, 그 저주받은 악마들을 죽여줘서 정말 다행이야. 다만 두려워. 놈들이 되돌아올까 봐……."

그렇다, 되돌아올 것이다. 그렇다, 스톨프치 마을을 불태우고, 돌 위에 돌 하나도 남겨두지 않을 것이다.[3] '토벌대'들이 곳곳에서 진압하고 있다. 키르기스인[4]들은 이미 두홉시나 근방에서 주인 행세를 하고 있다. 중국인들은 이미 모자리에서 사람들을 총살하고 있다. 시쳅카에서는 '체카'가 이미 '작업'을 하고 있다. 무엇을 할 것인가?

"날 데려가. 제발 나도 데리고……."

"어디로?"

"당신이 원하는 곳으로……. 모스크바로."

또 모스크바다. 또 망설임의 기색이 전혀 없다. 또 자신의, 아니 나의 힘에 대한 근거 없는 확신이 시작됐다. 하지만 그녀의 얼굴이 어두워졌다.

---

3 마태오의 복음서 24:2 참조. "그러자 예수께서는 '저 건물을 잘 보아두어라. 난 분명히 말한다. 저 돌들이 어느 하나도 제자리에 그대로 얹혀 있지 못하고 다 무너지고 말 것이다.' 하고 말씀하셨다."
4 몽골고원 서북부의 예니세이 강 상류에 살던 튀르크계 민족. 19세기 후반에 러시아에 정복당했지만 지금은 키르기스스탄공화국에서 다수를 차지하는 민족이다.

"그…… 그 귀족 아가씨……. 어디 살아?"

"모스크바."

"모스크바……."

그녀가 흐느낀다. 넘칠 듯 흐르는 여자의 눈물.

지겹다. 난 말한다.

"그루샤, 브레제 어때?"

"장교인지 귀족인지 하는 그 남자……? 그런 사람들은 충분하지 않아? 꼭 꿀에 들러붙는 파리처럼 치근덕거려. 그치들은 장난질을 위해서나 필요하지. 하릴없이 빈둥대는 종마들……."

난 안다. 그녀는 언제나 나와 함께할 것이다. 그러나 난 무엇을 해줄 수 있을까? 내일이면 그루샤도 없고 나도 없을지 모른다……. 난 그녀에게 입 맞춘다. 그녀에게서 건초 향기가 난다.

8월 2일

이반 루키치는 공장 제품이다. 러시아는 그와 같은 사람들을 날마다 수십 명씩 찍어낸다. 하지만 그는 우리의 프레스에서 나온 제품이 아니다. 우리는 온실 속에서, 감옥 안에서, 혹은 '벚나무 동산'[1]에서 자랐다. 책은 우리들에게 하느님의 계시였다. 우리는 니체를 알았지만 가을갈이 작물과 봄갈이 작물을 구분하지 못했다. 민중을 '구원한다' 하면서도 민중에 대해서는 모스크바

---

1 「벚나무 동산」이라는 체호프의 희곡을 빗대어 말한 것이다. 현실과 시대의 변화를 읽지 못해 가문의 영지인 벚꽃 동산을 잃는 유약한 지주 귀족에 관한 작품이다.

의 '바냐'[2]처럼 판단했다. 혁명을 '준비했지만' 피에 대해서는 혐오감을 느끼며 고개를 돌렸다. 우리는 지주였고 귀족 출신의 인민주의자였다. 새로운 사람들이 우리를 대신했다. 그들은 오로지 자신에 대해서만 '공상한다'.

저녁이다. 양초가 켜져 있다. 오늘 밤 이반 루키치는 막사에서 잔다. 그는 하품하고 나서 말한다.

"농장을 사고, 네덜란드산 암소들을 키우고, 아마를 심고……. 그리고 부유한 여자와 결혼할 겁니다."

"놈들이 먼저 당신을 '소시지'로 만들지 않을까요……."

"걱정하지 마세요. 저는 그들의 물고기 말[3]을 압니다……. 제가 왜 그들을 떠났는지 아십니까? 아주 간단합니다. 저로서는 뭐가 됐든 상관없습니다. 소브나르콤[4]이든, 소비에트든, 헌법제정의회[5]든, 심지어 개 같은 악마 새끼든……. 하지만 전 일하고 싶습니다. 이해하시겠습니까? 전 저 자신을 위해 일하고 싶습니다.

---

2 '이반'이라는 이름을 다정하게 부르는 애칭으로는 바냐, 반카 등이 있다. 이 장면에서 화자가 언급한 '모스크바의 바냐'는 『창백한 말』(보리스 사빈코프 지음, 정보라 옮김, 빛소굴, 2025)에 등장하는 바냐를 가리키는 듯하다. 바냐는 민중을 선한 존재로 여겼다. 그는 이렇게 말한다. "난 믿어, 우리 민중은 하느님의 민중이고 그 속에 사랑이 있고, 그리스도가 함께하신다는 걸."(39쪽) '내가 바냐를 언급하는 것은 자신의 현실에서 직접 만난 민중은 바냐의 관념 속에 이상화된 민중과 달랐다는 사실을 강조하기 위해서, 민중의 '구원'은 민중을 제대로 아는 것에서 시작한다는 사실을 주장하기 위해서인 듯하다.

3 рыбье слово. '물고기의'라는 형용사에는 '활기 없는', '무표정한', '말이 없는' 등의 뜻이 포함되어 있다. '물고기 말'이라는 표현은 '밖으로 내뱉지 않은 암묵적인 말'로 해석될 수 있다.

4 совнарком. 볼셰비키가 임시정부를 무너뜨리고 소비에트를 장악한 10월 혁명 후 새 내각이 발표됐다. 이때 트로츠키의 제의에 따라, 장관급에 해당하는 관직은 '코미사르(인민위원)'로, 내각은 '인민위원들의 소비에트', 즉 '소브나르콤'으로 명칭이 바뀐다.

5 Учредительное собранне. 1918년 1월에 임시정부가 소집한 의회.

귀족들의 계획이나 멍청이들의 사회주의를 위해 일하고 싶지 않아요. 그런데, 이게 코뮨에서 가능할 것 같습니까? 팸플릿을 달달 외라고 하질 않나, 〈이제 결전이다……〉[1] 따위를 부르게 하질 않나, 그래요, '동무'들에게 뇌물을 바치라고도 합니다……. 이제 농민이 이기면 질서가 잡히겠죠. 저에게 필요한 것은 질서입니다. 전 사유제를 지지합니다. 그런데 재산이 있는 곳에는 법도 있어야 하죠."

"그럼 당신에게는 재산이 있습니까?"

"아뇨. 하지만 갖게 될 겁니다……. 안녕히 주무십시오. 좋은 꿈 꾸시고요."

그는 초를 끄고 벽 쪽으로, 아니 방수포 쪽으로 돌아눕는다. 그에게 필요한 것은 질서다. 그래서 그는 '비적'이 되었다. 그는 사유제를 지지한다. 이 때문에 그는 한때 코뮤니스트도 되었다……. 그럼 러시아는? 러시아는 '미사여구'일 뿐인가? 난 이반 루키치보다 행복하지도 않고, 부유하지도 않은 걸까?

8월 3일

나는 들판 사이로 뻗은 샛길을 걸어간다. 호밀은 아직 추수하지 않았고, 빨간 양귀비꽃은 여전히 붉고, 파란 별 모양의 수레국화들은 호박색 이삭들 틈에 숨어 있다. 정오다. 달착지근하고 쌉싸름한 쑥 향기가 난다.

---

1 당시의 유명한 혁명가요.

난 모자리에서 대로 쪽으로 방향을 튼다. 도로변에 낯익은 농장이 있다. 이곳에 한 '주민'이 산다. 내 오랜 친구인 상인 일리야 코발툐프다.

채소밭은 텅 비었다. 마구간도 텅 비었다. 깨끗이 쓸어낸 넓은 안마당도 텅 비었다. 연못에서만 오리들이 찰싹찰싹 소리를 내며 물방울을 튕긴다. 담장 위에 열 살짜리 사내아이가 있다. 소년은 햇볕에 검게 그을린 맨다리를 흔들고 있다.

"안녕······. 볼로지카, 아저씨 모르겠니?"

"꺼져."

꺼져······. 난 아이들을 좋아하고, 볼로지카도 좋아한다. 그 아이는 언제나 나를 맞이하러 달려 나오곤 했다. 그 아이는 자신이 빠져 있는 사내아이들의 관심사에 대해 이야기하곤 했다. 송어에 대해, 두견새 둥지에 대해, 쥐에 대해, 임신한 암말 페클루샤에 대해. 그러나 오늘은 침울해 보인다. 그 아이가 새끼 늑대처럼 나를 힐끗 쳐다본다.

"아부지[2]는 집에 계시니?"

아이는 얼굴을 찡그리며 침묵한다.

"아부지는 어디 계시지?"

"아부지는 없어······. 사람들이 죽였어. 사람들이 와서 죽였어."

"누가 죽였는데?"

"뭣 때문에 서 있는 거야? 꺼지라고 했잖아."

"어무이[3]는?"

---

2 тятька. '아버지'를 뜻하는 тятя의 지소형이다. 이 단어는 농민들 사이에서 사용되던 속어 혹은 방언이었다.
3 мамка. '어머니'를 뜻하는 방언.

빨간 입술이 바들바들 떨린다. 아이는 역시 검게 탄 작고 야윈 손을 휘두른다.

"어무이……? 사람들이 어무이를…… 끌고 갔어……."

"넌 왜 혼자 있니, 볼로지카?"

"나하고 쥬치카[1]만 남았어……. 그러니까 꺼져, 바보 같으니……. 무슨 일이 벌어질지 몰라. 그놈들이 나도 죽일 거야."

난 천천히 진영으로 돌아간다.

8월 4일

이반 루키치가 정찰을 다녀왔다. 그가 보고한다.

"길을 가고 있는데, 살로피힌 샘 옆에 시 경찰 한 명이 있었습니다. 그에게 다가갔습니다. 우리는 담배를 피우면서 잠시 이야기를 나누었습니다. 누구인지, 어디에서 왔는지, 이러쿵저러쿵하면서 말입니다. 저는 코뮤니스트라고 말하며 증명서를 내밀었습니다. 그가 '나도 코뮤니스트야'라고 털어놓더군요. '내가 여태까지 이 백군들을 몇이나 총살했냐면……, 시베리아 전선의 옴스크에서……, 그런데 이제는 녹색군들을 잡아들이고 있지. 이곳에 비적 떼가 꼬이기 시작했거든. 뭐, 우리는 비적들을 산 채로 체포할 거야. 그 친구들, '체카'에서 호된 꼴을 당할걸…….' 전 계속 듣다가 말합니다. '앞잡이 놈아, 입 닥쳐, 앞잡이 자식…….' 그런 다음 나간총을 꺼내 총구를 관자놀이에 들이댔습니다. 그

---

[1] Жучка. 집에서 기르는 개나 파수 보는 개에게 일반적으로 붙이는 이름.

자는 믿지 않습니다. '농담하지 마, 동무.' '무슨 농담……? 손 들어, 친구.' 그러자 그의 모자 밑에서 머리카락까지 움직이더군요. 여기 시계와 당원증이 있습니다."

페쟈가 시계를 손에 쥐고 돌린다. 알람 기능이 딸린 금시계다. 페쟈는 바늘을 움직여 '알람 소리'를 울려본다.

"셋, 넷, 다섯, 여섯……. 6시군. 정말 정교한데……. 사모바르[2]라도 내올까? ……어라, 너무 돌려서 못쓰게 됐잖아. 이반 루키치에게 사모바르를 끓여줘야겠군……. 소위님, 습득물은 소위님이 가지세요."

8월 5일

'살인하지 말라…….' 이 말이 또다시 떠오른다. 누가 그런 말을 한 걸까? 왜……? 왜 연약한 영혼에게 그처럼 힘겨운, 실천하기 어려운 계명을 남긴 걸까? 우리는 '악과 시기로 세월을 보냈고 남에게 증오를 받았고 서로 미워하면서 살았습니다.'[3] 그러나 '안팎으로 쓴'[4] 책을 연 것은 우리가 아니지 않은가. 그러나 '가

---

2 러시아어로 '스스로 끓는 용기'를 뜻하며, 차를 끓이는 커다란 화병 모양의 전통 주전자를 가리킨다. 보일러 같은 중심부 연통에 숯, 솔방울, 나뭇가지를 태워서 연통을 둘러싼 수조 안의 물을 데우고 연통 위쪽의 다기를 이용해 찻잎을 우린다.

3 디도에게 보낸 편지 3:3. "우리도 전에는 미련했고 순종할 줄 몰랐고 자주 잘못된 길로 빠졌고 온갖 욕정과 쾌락의 종이 되었고 악과 시기로 세월을 보냈고 남에게 증오를 받았고 서로 미워하면서 살았습니다."

4 요한의 묵시록 5:1. "나는 또 옥좌에 앉으신 그분이 오른손에 두루마리 하나를 들고 계신 것을 보았습니다. 안팎에 글이 기록되어 있는 그 두루마리는 일곱 인을 찍어 봉하여 놓은 것이었습니다."

서 보라'고 말한 것은 우리가 아니지 않은가……. 첫 번째 말은 흰 말이며, 말을 탄 자에게는 활과 면류관이 있다. 두 번째 말은 붉은 말이며, 말을 탄 자는 검을 지녔다. 세 번째 말은 창백한 말로, 말을 탄 자의 이름은 사망이다. 네 번째 말은 검은 말로, 말을 탄 자는 손에 저울을 지녔다.[1] 내가 듣고 많은 이들이 듣는다. "거룩하고 진실하신 대왕님, 우리가 얼마나 더 오래 기다려야 땅 위에 사는 자들을 심판하시고 또 우리가 흘린 피의 원수를 갚아주시겠습니까?"[2]

---

1 요한의 묵시록 6:1-8. "나는 어린 양이 그 일곱 봉인 중의 하나를 떼시는 것을 보았습니다. 그리고 네 생물 중의 하나가 우레 같은 소리로 '나오너라.' 하고 외치는 음성을 들었습니다. 그리고 보니 흰 말 한 필이 있고 그 위에 탄 사람은 활을 들고 있었습니다. 그는 승리자로서 월계관을 받아 썼고, 또 더 큰 승리를 거두기 위해서 나아갔습니다. 어린 양이 둘째 봉인을 떼셨을 때에 나는 둘째 생물이 '나오너라.' 하고 외치는 음성을 들었습니다. 그러자 다른 말 한 필이 나오는데 이번에는 붉은 말이었습니다. 그리고 그 위에 탄 사람은 세상에서 평화를 없애버리고 사람들로 하여금 서로 죽이게 하는 권한을 받았습니다. 곧 큰 칼을 받은 것입니다. 어린 양이 셋째 봉인을 떼셨을 때에 나는 셋째 생물이 '나오너라.' 하고 외치는 음성을 들었습니다. 그리고 보니 검은 말 한 필이 있고 그 위에 탄 사람은 손에 저울을 들고 있었습니다. 그러자 '하루 품삯으로 고작 밀 한 되, 아니면 보리 석 되를 살 뿐이다. 올리브기름이나 포도주는 아예 생각하지도 마라.' 하는 소리가 들려왔습니다. 그것은 네 생물 한가운데서 들려오는 듯했습니다. 어린 양이 넷째 봉인을 떼셨을 때에 나는 넷째 생물이 '나오너라.' 하고 외치는 음성을 들었습니다. 그리고 보니 푸르스름한 말 한 필이 있고 그 위에 탄 사람은 죽음이라는 이름을 가진 사람이었습니다. 그리고 그 뒤에는 지옥이 따르고 있었습니다. 그들에게는 땅의 사분의 일을 지배하는 권한, 곧 칼과 기근과 죽음, 그리고 땅의 짐승들을 가지고 사람을 죽이는 권한이 주어졌습니다." 세 번째 말을 창백한 말로, 네 번째 말을 검은 말로 서술한 것은 사빈코프의 실수다. 3월 14일 일기에서는 셋째 생물을 검은 말로 바르게 인용했다.

2 요한의 묵시록 6:10.

8월 6일

보리수꽃이 피었다. 연노란색의 향기로운 꽃잎이 대지에 뿌려져 있다. 무더위에 지친 숲이 딸기와 꿀의 향기를 풍긴다. 오디새는 한가로이 지저귀고, 동고비[3]들은 느릿느릿 소나무 껍질을 긁고, 매는 사라져 가는 구름 속에 모습을 감춘 채 날카롭게 울어댄다. 낮에는 불안 없는 삶이, 밤에는 죽음이 펼쳐진다. 밤이 되면 풀은 눈에 띄지 않게 가만가만 움직이고, 호두나무는 잎사귀를 흔들어 사락사락 소리를 낸다. 무언가 애달프게 찍찍거린다……. 죽기 직전의 그 처량한 울음소리. 난 안다. 숲에서 또 살육이 벌어졌다는 것을.

8월 7일

브레제가 내게 말한다.
"이건 아닙니다, 유리 니콜라예비치. 이건 아니에요……."
"무슨 소리를 하는 겁니까, 브레제?"
"우리요, 녹색군 말입니다……. 그래요, 백군은 쓰레기라고 합시다. 그래서 나도 백군을 떠났으니까요……. 이곳은, 숲은 더 나을 거라고 생각했습니다……."
"사실 숲에 있는 게 더 낫습니다."
"더 낫다고요? 하지만 녹색군 농민들의 무지몽매함은 어쩌고

---

3 참새목에 속하는 새.

요? '페쟈크',[1] 적그리스도, 엘리야 선지자, 화형……. 그리고 사실 어디를 보나 '배 밑창을 때려 부수는' 짓만……."

"뭡니까, 브레제, 이제는 적군을 지지하는 겁니까?"

그는 얼굴을 붉힌다.

"적군을 지지하다니? 어떻게 그런 말을 할 수 있습니까? 난 명예로운 삶을 원합니다. 난 적과 당당히 싸우고 싶단 말입니다. 난 장교입니다. 비적도 강도도 아니라고요……. 뭐, 좋습니다. 우리가 승리하고 농민들이 승리하면……. 그다음은요? 농민 왕국인가요?"

"네, 농민 왕국입니다."

"그럼 우리는요?"

난 빙그레 웃는다.

"당신이 원하는 게 뭡니까, 브레제?"

그는 잠시 생각에 잠겼다. 그러더니 천천히 대답한다.

"뭘 원하냐고요? 사람들이 모케이치처럼 손가락을 잘리지 않고 볼로지카처럼 홀로 남지 않기를 바랍니다. 사람들이 카플류가처럼 도둑질하지 않기를 바랍니다. '붉은 머리털'도, '털북숭이'도, 정치위원들도, 선동가들도, 체카도 모두 없었으면 좋겠습니다……. 내가 바라는 건……."

난 그의 말을 가로막는다.

"지상낙원을 바라는군요……."

숲에서 지내는 동안 그의 얼굴은 거칠어졌다. 그러나 그는 여전히 아가씨처럼 연약한 소년이다. 그는 '악'과 타협하지 못한다.

---

1 7월 27일 일기의 각주 1번 참고.

그는 네 번째 말이 검은 말이라는 사실을 모른다……. 흥분한 그가 내게 묻는다.

"우리는 무엇을 위해 싸우고 있습니까? 설명해 주십시오."

그리고 난 말한다.

"러시아를 위해."

8월 8일

그루샤의 아버지인 스테판 예고리치가 밤에 진영으로 몰래 숨어들었다. 난 그를 겨우 알아보았다. 수염은 뭉텅뭉텅 뽑히고, 한쪽 눈은 부어오르고 다른 쪽 눈에서는 피가 흐른다. 폐쟈가 보더니 이렇게 말한다. "그렇군. 그러니까 낯짝을 북 치듯이 팬 거야……. 정말이지 그자들은 어떤 인간들이야? 이렇게 파렴치한 놈들이 있나? 분명 양심도 없는 놈들일 거야……." 스테판 예고리치가 탄식한다.

"아, 존경해 마지않는 대령님, 놈들이 마을 사람들을 모두 잡아갔습니다. 우리 같은 늙은이들에게는 매질을 하고요. 이런 말도 했습니다. '마을에 대한 기억이 깡그리 사라지도록 마을을 태워버리겠다. 아, 그리고 당신네 늙은이들은 맘대로 해. 뒈져버려, 당연하잖아…….' 그루샤는 순순히 가려 하지 않았습니다. '죽여버릴 거야!'라면서 도끼를 움켜쥐었습니다. 그런데 그 아이는 도대체 어디 있을까요? 놈들은 딸아이를 묶어 끌고 갔습니다. 아, 지켜주세요, 지켜주세요……. 뭘 해야 할까요? 아, 성모 마리아님, 거룩한 순교자 바르바라님……."

난 한 가지만 이해했다. 그루샤가 체포됐다는 사실만 이해했다. 난 묻는다.

"어디로 끌고 갔습니까, 르제프요?"

"르제프로 갔습니다, 대령님, 르제프요……. 주보보와 시쳅카를 지나서……."

난 페자에게 말한다.

"말에 안장을 얹어."

그는 발을 묶어둔[1] 말들 쪽으로 달려갔다. 난 기다린다. 춥다. 손이 부들부들 떨린다.

8월 9일

난 걸어서 브즈모스챠 여울을 건넌 다음 길을 제대로 살피지도 않고 시쳅카 대로로 말을 달렸다. 숲의 오솔길을 따라, 골짜기를 따라, 추수가 끝난 밭을 따라 달렸다. 나뭇가지가 얼굴을 할퀴고, 나뭇잎들이 귓가에서 사락거렸다. 땀에 흠뻑 젖은 말이 힝힝거렸다. 골룹카가 생각났다. 나는 말의 기운이 다할 때까지 채찍질을 했고, 지독하게 맞은 말 옆구리를 박차로 힘껏 찼다. 말이 비틀거렸다. 그때 멀리서 시쳅카가 보였다. 늦었다. 시쳅카에는 그루샤가 없었다.

---

1 стреножный. 말이 달아나지 못하도록 발 세 개를 밧줄로 느슨하게 묶어둔 상태를 뜻한다.

8월 10일

페자가 르제프에 다녀왔다. 그는 그루샤가 '체카'에 갇혀 있다는 것을 알아냈다. 그녀는 심문을 받았다. 그러나 그녀는 한 마디도 입 밖에 내지 않았다. 놈들은 '코르크'와 모스크바로 그녀를 협박한다. 난 '코르크'가 어떤 것인지 안다. 벽, 마루, 천장에 코르크 판자를 빈틈없이 붙이는 것이다. 공기가 통하지 않으면 숨을 쉴 수 없다. 사람은 점차 이성을 잃고 힘을 잃고 의지를 잃는다……. 중국에는 쥐 고문이 있다. 살아 있는 쥐를 냄비에 넣는다. 냄비를 죄수의 배 위에 뒤집어 올려놓는다. 쥐는 출구를 찾는다. 처음엔 살가죽을 물어뜯고 그다음엔 창자, 그다음엔 등뼈를 갉는다. 밖으로 나갈 때까지, 사람의 목숨이 끊어질 때까지……. 화형은 애들 장난에 불과하지 않을까?

난 잠을 이루지 못한다. 소나무 숲에서 귀뚜라미들이 운다. 메마르고 격렬한 귀뚜라미의 울음소리가 내게 평안을 허락하지 않는다. 난 그루샤를, 그녀의 희고 풍만한 가슴을 본다. 건초 향이 난다……. 예고로프가 숲속 빈터의 풀들을 베어 냈고, 막사 옆에는 이슬 맺힌 싱그러운 풀들이 더미로 쌓여 있다. "주여, 우리는 이렇게 죽고 마는 겁니까?" 아니다, 그녀는 죽지 않을 것이다. 그녀를 결박한 자들이 죽을 것이다. 파충류 같은 놈들이 죽게 될 것이다. 악마 같은 놈들이 죽을 것이다……. 브레제가 어둠 속에서 나를 부른다.

"유리 니콜라예비치, 어떻게 할 겁니까?"

"뭘 어떻게 하겠습니까? 우리는 르제프로 갈 겁니다."

"하지만 우리는 고작 서른 명뿐인데……."

"브레제, 무서우면 숲에 남으십시오."

그는 침묵한다. 난 왜 그에게 모욕을 주었을까? 그루샤를 위해 가장 먼저 르제프로 갈 사람은 브레제라는 것을 알면서 말이다.

8월 11일

그루샤가 없다……. 저녁이 되어도 그녀의 발소리를 들을 수 없고, 아침이 되어도 그녀의 미소를 볼 수 없다. 내가 있는 곳은 감옥이 아니라 황야다. '비둘기……, 작은 매……'라고 말해주는 사람이 없다. 큰 소리로 명랑하게 웃어대는 사람도 없다. 흐느껴 우는 사람도 없다. 황량하고 음울한 밤이 주위를 감싼다. '눈이 백 개 달린 짐승이'…….

8월 12일

"폐쟈, 그자치로 가서 다리를 폭파해. 브레제, 동쪽에서 모스크바 대로를 따라 르제프로 진입하십시오. 난 남쪽의 시쳅카에서 진입하겠습니다. 난 체카를 맡고, 당신은 집행위원회 본부를 맡습니다. 집합은 사령부 옆에서 합니다. 수비대는 많지 않습니다. 적군은 칼루가로 떠나 메숍스키 부근에서 우리를 찾고 있습니다. 이반 루키치와 예고로프는 나와 함께 갈 겁니다. 시각은 새벽 3시."

이것이 나의 작전 명령이다. 작전 명령이 아니라 맹목이다. 메이에르 대령이라면 그렇게 말했을 것이다. 물론 브레제도 그렇게 생각한다. 난 수비대가 많지 않다고 말하지만 '많지 않다'는 표현은 3백 명을 뜻한다. 그루샤가 없기에, '적들을 추적해 따라잡아라. 그놈들을 전멸시킬 때까지 돌아오지 마라'고 말해두었기에, 나로서는 어떻게 되든 상관없다.

8월 13일

우리는 르제프를 점령했다. 우리가 르제프를 점령한 때는 붉은 태양이 떠오르고 쿠즈네치 마을의 니콜라 교회에서 아침 예배를 위한 종이 울리는 새벽녘이었다. 모케이치가 죽고, 치토프가 죽고, 흐베도세냐가 죽고, 열두 명의 '비적들'이 부상당했다. 그러나 도시는 우리 수중에 있다. 우리는 아주 잠시 칼리프[1]가 됐다. 그루샤는 어디에 있을까?

8월 14일

그루샤가 없다……. '체카'에서도, 감옥에서도, 병영에서도 그녀를 찾지 못했다. 그루샤가 없다……. 난 도대체 무엇을 위해 '비적 떼'를 희생한 걸까? 우리는 도대체 무엇을 위해 르제프를

---

[1] '대행자'라는 뜻의 아라비아어 '하리파'가 와전된 말이다. 예언자 마호메트가 죽은 후 그가 이룩한 교단국가의 최고지도자로 뽑힌 아부 바크르가 자신을 '신의 사도의 대행자'라고 칭한 이래 '대행자', 즉 '칼리프'는 이슬람 제국의 주권자를 가리키는 칭호가 됐다.

점령한 걸까?

브레제는 적군들이 진격해 온다고 보고한다. 모스크바에서 3개 사단이 오고 있다……. 3개 사단이라……. 좋다. 우리는 떠날 것이다. 좋다. 우리는 그루샤 없이 떠날 것이다. 나는 페쟈를 부른다.

"페쟈, 광장에 가로등이 몇 개 있지?"

"세어보지 않았습니다, 대령님."

"세어봐. 그리고 가로등마다 적군들을 매달아. 알았어?"

"알겠습니다. 분부대로 하겠습니다."

8월 15일

난 말했다. "재주껏 살아남아라." 더 이상 '비적 떼'는 없다. 아무도 없다. 무장하지 않은 사람들만 개별적으로 있다. 그들은 근처 숲으로 뿔뿔이 흩어졌다. 적군은 이제 누구와 싸울 것인가?

난 말을 타고 르제프를 떠날 것이다. 난 무엇을 얻었는가……? 또다시 익숙한 백 년의 피로가 몰려온다. 아니, 더 지독한 피로다. 뒤에는 텅 빈 진영이 있고 앞에는……. 앞으로 무엇을 기대할 수 있을까? 주위 마을들이 불타오르고, 채찍 소리가 획획 허공을 가르고, 기관총 소리가 요란하게 울린다. 자멸의 전쟁에 끝이 보이지 않는다. 러시아는 너무 울어 쇠잔해졌고, 위대한 민중은 쇠약해졌다.

저녁이 찾아든다. 노을이 붉게 타오르다가 꺼졌다. 말간 연두색 하늘에 검은 기둥이 아홉 개 보인다. 목이 매달린 아홉 개의 몸뚱이……. 모두 모자도 없이 속옷 바람이다. 모두 보지도 못하는 눈을 뜨고 있다. 그리고 모두 바람에 흔들린다.

  모스크바를 위해! 스톨프치를 위해! 그루샤를 위해!

검은 말

3부

2월 3일

난 전화기로 다가간다.
"170-03……."
……………………
"여보세요? 170-03번입니까? 코발료프 동무 부탁합니다."
……………………
"여보세요? 페쟈?"
"접니다, 대령님."
"좀 더 조심해. 내가 이제 무슨 대령이라고……."
그의 웃음소리가 들린다.
"하느님께서 저버리지 않고 돼지가 먹어치우지 않을 겁니다…….[1] 놈들에게 침을 뱉어주고 싶어요."
"그래서 어떻게 됐어?"
"쿤체보입니다. 제3대피선이요."
"그렇군……. 그런데 자네는 어떻게 지내?"
"저요? 열성을 인정받아 곧 코미사르로 승진합니다……. 어제 수색을 나갔는데요. 태업을 한 반혁명분자 한 명을 체포했습니다. 그런데 그 빌어먹을 놈이 달아나서……."

난 수화기를 내린다. 결국 기차는 쿤체보에 있다. 우리도 역시 '태업하는 자'들이고 '반혁명분자'다. 우리는 이번 주에 기차를 폭파할 것이다.

---

1 '하느님께서 지켜주신다'를 뜻하는 러시아의 관용적 표현.

2월 4일

페쟈의 성은 이제 모셴킨이 아니라 코발툐프다. 그는 '베체카'[1]의 직원이다. 예고로프는 예고로프가 아니라 라리오노프다. 그는 '나르콤즈드라프'[2]에서 수위로 근무한다. 브레제는 브레제가 아니라 라조다. 그는 적군에서 기병 중대를 지휘한다. 세 사람 모두 위조 신분증, 좀 더 정확히 말해 '죽은 자'들, 아니 살해당한 자들의 신분증을 갖고 있다. 세 사람 모두 당에서 '신념이 강한 코뮤니스트' 행세를 한다. '암거래상'이 된 이반 루키치는 본명으로 지내며 '위원회'[3]와의 관계를 유지하고 있다. 난 이름도 없는 투명 인간이 되어 다양한 사람들의 집에서 몸을 숨기고 있다. 물론 이 사람들은 목숨을 걸었다.

난 모스크바에 있다. 불가능한 것이 가능해졌다…….

난 나 자신에 대해 이렇게 말할 수 있다. "난 밤낮 하루를 꼬박 깊은 바다에서 보낸 적도 있고, 여행길에서 강도의 위험과 도시의 위험과 광야의 위험과 바다의 위험을 만난 적도 많으며, 또 노동과 고역 속에서 뜬눈으로 새우고 주린 날들도 종종 있었으며, 추위에 떨며 헐벗은 적도 많았다."[4]

나는 지금 어디에 있는가? 또다시 '깊은 바다' 속에 있는 건 아닐까?

---

1 Вечека. 전노 반혁명 태업 단속 위원회.
2 наркомздрав. 보건 인민 위원회.
3 내용의 흐름상 이 '위원회'는 소비에트의 조직이 아니라 반혁명 활동을 하던 지하 단체로 추정된다.
4 고린토인들에게 보낸 둘째 편지 11:23-27을 부분적으로 인용해 만든 문장이다. 본래는 사도 바울로가 복음을 전하는 과정에서 겪은 고초를 토로한 구절이다.

2월 5일

슬픈 이별 속에서,
나의 방랑하는 운명 속에서,
모스크바여, 내가 너를 얼마나 자주 생각했던가……[5]

하지만 오늘은……, 오늘은 모스크바가 사랑스럽지 않다. 오늘은 모든 것이 낯설게 느껴진다. 여러 광장에는 정부가 세운 '기념비'들이 세워져 있다. 간판들에는 러시아인의 귀에 모욕적인 단어들이 있다. 마르크스 기념비. 하느님, 마르크스라니! 그리고 거기에는 '나르콤즈드라프', '프롤레트쿨리트',[6] '모스크보토프',[7] '나르콤프로트'[8] 같은 단어들도 있다. 난 아르바트 거리를 걷는다. 겨울 해가 빛나고, 발밑에서 눈이 뽀드득거린다. 똑같은 백양나무, 똑같은 자작나무, 생각에 잠긴 듯한 똑같은 가옥들. 똑같은 모스크바 생활양식. 그러나 '자동차'가 요란한 소리를 내며 석유로 연기를 뿜어대기 시작했다. 요란한 굉음과 뻔뻔스러운 경적 소리. '이 세상의 주권자들'이 질주한다. '상놈들이 출세했지…….' 난 눈을 내리깐다. 난 그들을 보고 싶지도, 볼 수도 없다.

올가는 예전에 츠베트니 가로수 길에 살았다. 난 널찍한 안마

---

5 푸시킨의 『예브게니 오네긴』 중 7장에 나오는 대목이다.
6 пролеткульт. '프롤레타리아 문화'를 뜻하는 문화 단체로 1917-1930년에 활동했다.
7 москвотоп. '모스크바 연료 위원회'로 소비에트 정부가 1919년에 장작의 장만과 운반을 위해 만든 기관.
8 наркомпрод. '인민 식량 위원회'로 1917-1924년에 활동했다.

당으로 들어가 4층으로 올라갔다. 턱이 돌출된 가죽 재킷 차림의 '동무'가 문을 열었다. "그런 사람 없습니다……. 여기 안 살아요……." 문이 쾅 닫힌 후, 난 오랫동안 층계참에 서 있었다. 날이 어두워졌다. 아래층의 '돔콤'[1]에서, 즉 수위실에서 시끄러운 욕설이 들렸다.

2월 6일

내 방에는 아무 장식이 없는 벽들과 더러운 천이 깔린 탁자가 하나 있다. 탁자 위에는 지저분한 사모바르가 놓여 있다. 사모바르 앞에 예고로프가 앉아 있다. 그는 차를 마신다. 그는 농민의 방식으로 차를 마신다. 작은 접시에 따라 마시면서 설탕 조각을 갉아 먹는다. 물론 자신의 다기로. 그는 다기를 주머니에 넣고 다닌다.

"자넨 '나르콤즈드라프'에서 어떻게 차를 마시나? 정말 종교는 '민중의 아편'이군……."

"어떻게 마시냐고요? 율법에 따라서죠……. 한번은 한 악마가 저에게 접근하려고 하더군요. '너 같은 놈이 무슨 코뮤니스트야? 이런 의식 없는 프롤레타리아라니……. 신은 없어. 신은 사제들이 만들어낸 거야…….' 뭐, 제가 조용히 타일렀지요. '코뮨은 코뮨일 뿐이야. 신에 대해서는 감히 나서지 마. 그러지 않으면 머리통을 뽑아버리겠어.' 아, 대령님. 굽실대는 것은 제 적성에 맞

---

1 домком. '주택 위원회'

지 않습니다. 정말 무의미합니다. 현재로서는……. 죄입니다, 이 얼마나 큰 죄인지…….”

"뭐가 죄라는 거지, 예고로프?"

"뭐가 죄냐고요? 하루 종일 악마들 틈에 있어 보세요. 악마들의 말을 들어보시라고요. 악마들을 기쁘게 해주면서요. 그러다 보면 스스로도 악마들에게 빠져들게 될걸요…….”

안주인인 펠라게야 페트로브나가 빈 사모바르를 들고 나간다. 그녀의 지친 얼굴에 푸르죽죽한 그늘이 드리워 있다. 기계공인 그녀의 남편은 공장에서 일한다. 아니, 그녀의 표현에 따르면, '공장에서가 아니라 차르의 강제 노동 수용소에서 일하고' 있다. 예고로프가 눈을 치뜨고 곁눈질한다.

"저 여자도 마귀할멈인가요?"

"아니, 자신의……. 들어봐, 예고로프."

"네, 대령님."

"쿤체보의 제3대피선에 기차가 있을 거야. 그 안에 모스크바 수비대가 쏠 포탄이 있어. 자네, 내일은 근무 안 하지. 자네가 점심시간에 기차를 폭파시켜."

그는 긴 턱수염이 흔들리도록 고개를 끄덕인다. "다행히 이제야 의미가 생겼군." 그러고는 사열식을 할 때처럼 또박또박 힘주어 말한다.

"알겠습니다, 대령님."

2월 7일

쿤체보. 지독하게 추운 아침. 설광에 눈이 멀어버릴 것 같다. 오른쪽에 공원과 무성하게 자란 삼각형 모양의 전나무들이 있다. '화가'인 페쟈가 보았더라면 '맥주병'이라고 했을 것이다. 왼쪽에는 기차역이 있다. 철길. 제3대피선.

1시 5분 전이다. 난 기다린다……. 증기 기관차의 네 번째 객차에서 불꽃이 번득이는 게 보인다. 불꽃은 번쩍 빛나다가 꺼져버렸다. 그러고 나서 갑자기 불길이 확 타올랐다. 짧고 둔탁한 소리가 울려 퍼졌다. 그리고 바로 그 순간 객차로부터 맹렬한 회오리바람이 솟구치면서 대팻밥이 마구 흩날렸다. 회오리바람은 분수처럼 하늘 높이 올라갔다가 노란 불꽃의 가늘고 거대한 고리를 그리며 주위로 퍼졌다. 그 고리는 하얗게 굳었다. 고리는 모든 것을 보는 위협적인 눈동자처럼 숲 위에 걸려 있다.

파편들이 쉭쉭거렸다……. 난 그곳을 떠나려 하지 않았다. 두 발이 차가운 땅속에 뿌리를 내렸다. 난 끝을 기다렸다. 마지막 폭발을 기다렸다. 무엇을 위해? 모르겠다……. 말하고 싶지도, 말할 수도 없다.

2월 8일

내 방의 창문은 안마당 쪽으로 나 있다. 풍경이라고는 쓰레기를 버리는 구덩이와 홈통에 매달린 고드름이 고작이다. 대낮에도 어슴푸레하다. 얼어붙을 듯한 추위 속에서도 악취가 난다. 그런데 이것이 모스크바인가?

멀리 숲에서 지내거나 행군을 하던 때는 모스크바가 북극성처럼 빛났다. 그런데 이제 난 모스크바에 있다. 빛나는 축일? 아니, 단조로운 평일이다. 평일, 아침의 사모바르, 평일, 회색빛 펠라게야 페트로브나, 평일, 성모상과 아르바트 거리. '한껏 부푼 환각'[1] 없이 살아가기는 힘들다. 더욱 힘든 것은 싸우는 것이다. 그루샤는 생명을 위해 싸웠다. 난 무엇을 위해 싸우고 있는가?

난 '강령'을 믿지 않으며 물론 '지도자'도 믿지 않는다. 나 역시 생명을 위해, 대지에서 살아갈 권리를 위해 싸운다. 짐승처럼 발톱을 세우고, 이를 드러내고, 피를 흘리며 싸운다. 난 말했다. '대지에서'라고. 틀렸다. 대지가 아니라, 러시아에서, 오로지 러시아에서 살기 위함이다. 단조로운 평일이라도 좋다. 쓰레기 구덩이라도 좋다. 어스름이라도 좋다. 하지만 이것은 나 자신의 것이며 내가 사랑하는 것이다. 나의 사랑하는 올가처럼.

2월 9일

우리는 스트라스치 가로수 길에 앉아 있다. 땅거미. 골목길에 이는 바람. 가로등이 하나둘 켜진다. 페챠가 침을 뱉는다.

"대령님, 제가 '동무' 한 명을 쏴 죽였습니다."

"페챠, 무슨 말이야? 모스크바에서……?"

"네. 모스크바에서요. 제 상관을요. 그 사람의 성은 소볼이었

---

1 푸시킨 시의 한 구절이다.

죠."

"언제?"

"어젯밤이요. 전 그 사람이 제비치 들판에 산다는 걸 알아냈어요. 그래서 대문에서 강도처럼 기다리고 있었죠. 아무도 없었어요. 공이라도 굴리고 싶을 정도였어요. 그런데 갑자기, 그 날 강도가 종종걸음으로 지나가는 게 보이더군요. 그래서 전 앞으로 나가 그놈 모자를 잡아채고 나간총을 그자의 뒤통수에 갖다 댔어요. 그자가 털썩 주저앉더군요. 제가 그자의 외투를 벗기자 그자가 눈을 휘둥그레 뜨면서 웅얼거렸어요. '코발료프, 코발료프······.' 저를 가리키는 말이었어요. 당연히 그를 죽였죠."

"그리고 약탈을 했나?"

"설마 돈 될 만한 걸 그냥 두고 왔겠어요? 그런데 아침에 출근을 했더니 난리가 났더라고요. '소볼 동지가 살해됐어······. 강도한테 당한 모양이야.' 전 더듬더듬 말했죠. '동무들, 혹시 반혁명분자들이 아닐까?' 그 자리에서 그런 말을 하다니······. 반혁명분자들이 얽히면 정말 골치 아프거든요. 경계를 소홀히 했다는 말을 들을 테니까요. 마침 그때 이 폭파 사건이 일어났어요······. 귀찮은 일들이 입안 가득 차는 거죠. 겨우 빠져나왔습니다. 사람들이 놔주려 하지 않았어요. 다들 제가 그 살인자를 체포하기를 바라고 있죠."

그는 빙글빙글 웃는다. 그는 여기서도 '아쿨카'를 한다. 물론 돈을 잃은 적은 없다. 참으로 구름 한 점 없는 밝은 영혼이다.

2월 10일

오늘은 내 생일이다. 물론 난 그 사실을 잊고 있었다. 하지만 페쟈가 기억해 내고 나에게 '그림'을 가져왔다. '그림'에는 물감으로 그린 꽃다발이 있다. 꽃들은 장밋빛 리본으로 묶여 있다. 리본 밑에 짧은 시가 한 편 있다.

>비적들이 당신을 축하합니다
>그리고 당신의 행복을 기원합니다,
>당신은 우리의 고명하신 아버지
>악마들과 악당들을 공포에 떨게 하십니다.

'시' 아래에 올가의 주소가 멋들어진 글씨체로 적혀 있다. 몰차놉스키 골목 10번지. 페쟈는 그 주소를 '베체카'에서 알아냈다……. 올가를 찾았다. 행복하다.

"고마워, 페쟈……. 그런데 도대체 왜 '아버지'라고 한 거야? 게다가 '고명하신'이라니?"

"고명하시다고 한 것은 보브루이스크와 르제프에서 명성을 떨치셨기 때문이고, 아버지라고 한 건……."

그는 실크 손수건에, 물론 '돈을 주고 산' 손수건에 코를 푼다. 그러고는 애꾸눈을 깜박이며 말한다.

"아버지라고 한 건…… 우리를 싫어하지 않으셨으니까……."

2월 11일

그녀는 비명을 지르며 뒷걸음쳤다. 그리고 자기도 앉지 않고 내게도 앉도록 권하지 않으며 말했다.

"조지,[1] 당신, 비적이야?"

난 그녀를 바라보았다. 여기 목까지 덮은 검은 옷이 있다. 여기 반지를 끼지 않은 가느다란 손이 있다. 그녀는 머리를 짧게 잘랐다. 그녀의 모습이 어딘지 모르게 낯설다. 수녀가 된 걸까? 아니면…… 아니면…… 아니다. 그럴 리 없다.

"당신은? 그러는 당신은?"

그녀는 단호하게 대답한다.

"난 코뮤니스트야."

난 털썩 앉았다. 그제야 방 안에 아무것도 없다는 사실을 깨달았다. 탁자, 침대, 그리고 의자 두 개뿐이다. 벽에는 마르크스의 초상화가 걸려 있다.

"당신은 비적이야?"

"그래, 난 '비적'이야."

"반혁명분자야?"

"반혁명분자야."

"앙탕트 용병인 거야?"

왜 그런 상투적이고 기계적인 말들을 내뱉는 걸까? 난 차갑게 말한다.

"올가, 당신은 날 매수할 수 없어."

---

[1] 『창백한 말』의 주인공인 '나'의 가명도 '조지'다.

"무엇 때문에 그런……? 왜……?"

그녀는 두 손을 모았다. 그녀는 이해하려 애쓰지만 그러지 못한다……. 나도 마찬가지다.

2월 12일

올가가 흥분해서 말한다.

"조지……. 당신은 혁명을 위해 싸웠잖아. 솔직히 말해봐. 혁명을 완수한 게 당신들이야? 우리가 차르를 몰아냈잖아. 우리가 자유를 쟁취했잖아……."

"올가, 자유에 대해 말하지 마."

"러시아를 재건한 건 우리잖아……."

"러시아에 대해 말하지 마."

"왜?"

"자유는 없으니까. 러시아는 없으니까."

"자유가 없다고……? 그럼 당신네들은? 사람들을 목매달지 않아? 총살하지 않아? 화형시키지 않아? 러시아가 없다니? 당신네들은? 남의 집 대기실[2]을 어슬렁거리지 않아?"

"올가, 그만해."

그녀가 일어섰다. 그녀의 눈이 어두워졌다. 그녀는 한 손으로 탁자를 똑똑 두들겼다.

---

2 передняя. 귀족의 저택에서 정면 출입구를 통과했을 때 가장 먼저 나오는 방. 이곳에서 손님은 모자나 외투 등을 맡기고 응접실로 안내받거나 집주인이 만남을 허락하기를 기다린다.

"당신들에게 민중의 눈물과 피는 뭐야? 당신들에게 정의는 뭔데? 당신들이 조국을 사랑한 것은 자신을 위해서야. 당신들은 자신의 자유만을 소중히 여기지. 그리고 당신들은 옛 세계가 무너지는 것을 보려 하지 않아……. 아니야……. 당신들은 혁명을 배반했어……. 당신들은 러시아를 배신했다고……. 당신들은 적이야……. 잘 들어, 조지. 당신은 내 적이야……."

나도 일어선다.

"무슨 뜻이야, 올가? 날 고발해."

"뭐라고? 아, 하느님, 무슨 말을 하는 거야, 조지……."

그녀는 얼굴을 가리고 흐느낀다. 이건 누굴까? 올가……? 그리고 난 어디에 있는 걸까? 수도원의 방? 암자? 그리고 이 이콘은, 금도금한 액자 속의 초상화는 왜 여기 있을까……? 난 듣는다. 그녀가 눈물을 흘리며 하는 말을…….

"조지……. 조지……. 왜 돌아온 거야?"

2월 13일

난 왜 돌아왔을까……? '저 모든 권세와 영광을 당신에게 주겠소. 저것은 내가 받은 것이니 누구에게나 내가 주고 싶은 사람에게 줄 수 있소. 만일 당신이 내 앞에 엎드려 절만 하면 모두가 당신의 것이 될 것이오.'[1] 시험하는 자는 거의 진실을 말했다. 왕국

---

1 루가의 복음서 4:6-7. 사탄이 광야에서 예수를 시험하며 던지는 말이다. 우리말 공동번역 성서에서는 예수를 시험하는 사탄의 말이 존댓말로 번역됐지만, 러시아어 성서에는 낮춤말로 번역되어 있다.

들은 그에게 속해 있고, 돌은 때로 빵으로 변하며, 아래로 뛰어내려도 발이 걸리지 않는다. 이 '거의'라는 말에서 모든 유혹이 생겨난다. 진리는 무엇인가? 우리는 그것을 알지 못한다. 그들도 그것을 모른다. 눈 깜짝할 순간이 지나면 교수형도 총살도 사라질 것이다. 페쟈도 없어질 것이다. '체카'도 없어질 것이다. '안녕'이 찾아들 것이다.

우물은 입을 벌리지 않았다. 암흑이 눈을 멀게 해버렸다. 올가, 그리고 우둔해 보일 만큼 장엄하고 독선적인 초상화. 올가, 그리고 유혹의 설교. 올가, 그리고 맹렬한 분노. 저녁이다. 방은 텅 비었다. 벽 너머에서 집주인의 코 고는 소리가 들린다. 춥다. 난 불을 지피지 않는다.

2월 14일

페쟈가 내게 달려온다. 그의 얼굴이 창백하다. 그의 붉은 머리털이 헝클어져 있다. 그의 이런 모습을 딱 한 번 본 적 있다. 야간 습격 때.

"간신히 도착했습니다, 대령님……. 채비하세요. 건물이 포위당했어요."

난 믿지 않는다. '체카'에서 내 주소를 알아냈다니 믿을 수 없다. 이 주소는 우리 편에게만 알려져 있다. 우리 가운데 배신자는 없다.

"페쟈, 헛소리를 하고 있군."

"창밖을 보세요."

난 창문을 내다보았다. 그렇다, 안마당에 보초병이 있다. 이게 어찌 된 일인가? 우연의 일치인가……? 페쟈는 리볼버를 꺼낸다. 나는 그의 손이 떨리는 것을 본다.

무엇을 할 것인가? 우리는 쥐덫에 걸렸다……. 나도 브라우닝을 '장전'한다.

"페쟈, 당원증을 갖고 있지?"

"네."

"'체카' 신분증도?"

"네."

"그럼, 먼저 가."

그는 이해했다. 그의 얼굴이 환해졌다. 우리는 식당을 지나 부엌으로 갔다. 식당에서 아이들이 놀고 있다. 부엌에서 젖은 세탁물 냄새가 난다. 펠라게야 페트로브나가 속삭인다. "제발, 가지 마세요. 저들이 당신을 죽일 거예요." 그러나 페쟈는 대문을 향해 빠르게 걸음을 옮긴다.

길이 나온다. 길에 트럭이 있다. 그는 숨을 헐떡인다. 유리창들이 덜그럭거린다. 살얼음. 지붕에서 물이 똑똑 떨어진다. 그리스도 구세주의 상이 햇빛을 받아 반짝인다. 페쟈가 성호를 긋는다.

"하느님이 우리를 인도해 주셨어요, 대령님……. 성모 마리아님께서 우리의 도시 프스케프[1]를 저버리지 않으셨어요……."

---

[1] 러시아 서부의 도시 '프스코프'를 일컫는 방언으로 보인다.

2월 15일

나의 오랜 지인인 한 교수가 내게 은신처를 제공했다. 그는 생물학, 동물학, 광물학을 강의한다. 난 그것이 정확히 어떤 '학'인지 모른다. 아침에 그가 출근을 하면 난 혼자 남는다.

건물이 아니라 돌로 된 상자다. 아파트가 아니라 과학박물관이다. 현미경, 증류기, 그래프, 알록달록한 도표들. 벽난로 위에는 시계가 있다. 뻐꾸기시계다. 30분마다 시계가 뻐꾹뻐꾹 소리를 낸다. 시간은 느릿느릿 기어간다. 쓸모없는 하루가 다 타서 꺼져 간다.

난 언젠가 말했다. "난 노예가 되고 싶지 않다. 자유 노예도 싫다. 나의 삶에는 투쟁만 있다. 난 순수한 포도주를 마신다." 난 지금 그것을 마신다. '살인하지 말라······.' 네 아내가 살해당해도 '살인하지 말라' 할 것인가? 네 자식들이 살해당해도 '살인하지 말라' 할 것인가? '살인하지 말라'는 이 말에, 소심함은 정당화되고 유약함은 칭송을 받으며 무력함은 미덕으로 드높여진다······. 그렇다. 살인자들은 '궤양으로 죽을 것이다'. 그러나 '비겁한 자와 믿음이 없는 자와 흉측스러운 자들은······ 불과 유황이 타오르는 바다뿐이다······'.[2]

---

2 요한의 묵시록 21:8에서 발췌한 구절이다. 전문은 다음과 같다. "그러나 비겁한 자와 믿음이 없는 자와 흉측스러운 자와 살인자와 간음한 자와 마술쟁이와 우상숭배자와 모든 거짓말쟁이들이 차지할 곳은 불과 유황이 타오르는 바다뿐이다. 이것이 둘째 죽음이다."

2월 16일

나의 격리는 오래도록 계속될 것인가? 페쟈는 마음을 졸이고 있다. 그는 내게 외출을 권하지 않는다. 난 혼자 뻐꾸기와 눈을 맞추며 지낸다. 조용하다. 한겨울에 방 안에 있는 것처럼 조용하다.

암흑이 눈을 멀게 해버렸다……. 정말 이 여자가 예전의 올가인가? 땋은 머리는 어디로 사라졌는가? 하얀 원피스는 어디에 있는가? 근심 없이 기쁨에 찬 미소는 어디에 있는가? 소콜니키 공원은 어디에 있는가? 돌이킬 수 없는 나날들은 어디에 있는가? 유혹은 크고 무겁다. 무지한 예고로프는 그것을 가슴으로 느낀다. 페쟈도, 브레제도, 물론 이반 루키치도 그것을 이해하지 못한다. 그들에게는 모든 것이 분명하고 단순하다. 러시아와 '코민테른', 농민과 노동자. 그들은 농민과 러시아의 편이다. 나 역시 농민과 러시아 편이다. 그러나 나는 안다. 대답으로 어떤 말을 들었는지 기억한다. 그럼 올가는……?

2월 17일

다행히 나의 '금기'가 깨졌다. 페쟈가 내게 전화했다. 내가 모스크바를 떠났다는 보고가 '체카'에 접수되었다고 한다. 그들이 키예프와 오데사에서 나를 찾고 있다. 저녁마다 이반 루키치가 찾아온다. 이반 루키치는 살이 쪘고 수염을 깨끗이 밀었다. 그는 허리를 조인 최신 유행의 신사복을 입고 금 시곗줄을 찼다.

'알람 기능이 있는' 시계가 아닐까? 그는 '위원회'의 이름으로 말한다.

"위원회는 폭파 사건을 불만스러워합니다."

"왜요?"

"일에 방해가 되니까요."

어쩌면 그의 말이 옳을지도 모른다. 우리는 피에 중독되어 있다. 우리는 피가 없는 투쟁을 이해하지 못한다. '위원들'은 생쥐들처럼 '소브나르콤'을 갉아먹는다. 조용히, 끈질기게, 조심스럽게. 그들의 삶은 우리의 삶보다 더 고단하다. 그들에게는 변함없는 일상과 무의미하고도 세심한 주의를 요하는 노동이 있다. 처음에는 노동이지만, 물론, 나중에는 감옥이 된다. '장갑'[1]은? '소시지'는? '코르크'는?

"위원회가 다른 것을 제안합니다."

"무슨?"

"'베체카'의 위원장이요."

'베체카'의 위원장을……. 난 망설인다. 그는 차르처럼 일곱 개의 봉인과 자물쇠 너머에 있지 않은가. 그러나 '일단 밧줄을 잡으면 밧줄이 부실하다고 말하지 않는 법'이다.

"좋습니다."

"그렇게 전하겠습니다."

"전하십시오. 그런데 당신은요? 당신은 어떻게 지냅니까?"

이반 루키치가 두툼한 돈지갑을 꺼낸다. 지갑에는 달러와 파운드가 들어 있다.

---

[1] 손의 살가죽을 벗기는 고문.

"이것 보십시오. 그동안 담배를 팔았습니다."

그는 상거래를 한다. 그는 '암거래상'이다. '모든 개미들은 저마다 자신의 지푸라기를 끌고 간다…….'[1] 그렇다. 그는 아마 농장을 살 테고, 아마 네덜란드산 암소들을 키울 것이다. 하지만 역시 코뮤니스트들도 '자신의 지갑을 불릴 생각만 한다. 그저 그뿐이다'.

2월 18일

난 브레제와 페쟈를 불러들였다. 브레제는 '코뮤니스트 군관'이다. 기병도가 절그럭거리고, 박차가 짤그랑거린다. 견장만 없다.

"아니, 어떻게 된 겁니까, 브레제, 놈들이 견장을 떼어냈습니까?"

그의 얼굴이 붉어진다.

"그거야 별로 아쉽지 않습니다. 솔직히 말해야겠군요. 우리는 정말 아무것도 몰랐던 겁니다. 완전히 불량배들입니다. 이게 군대, 그것도 정규군이랍니다……. 이들이 적군이라 해도 우리 군대인데요."

페쟈가 조롱하듯 말한다.

"맞아요, 중위님. 놈들은 낯짝에 채찍질하는 짓도 거침없이 한답니다. 이런 익살도 섞어 가면서요. '지금은 임시정부 시절이 아

---

1 7월 17일 일기에 기록된 일화에서 이반 루키치는 브레제에게 "우리는 저마다 자신의 지푸라기를 끌고 가는 개미일 뿐이에요"라고 말한다.

냐. 구정권도 아니라고. 개새끼, 서 있는 꼴이 뭐 이래?' 정말이라니까요."

브레제가 화를 낸다.

"그렇지 않아."

그렇지 않다고……? 바로 여기에 사물의 힘과 위력이 있다. 브레제는 또다시 자신을 장교로 생각한다. 그는 말을 탔을 때든 사열식을 할 때든 기병 중대의 선두에 있다. 그는 자신이 백군이라는 사실을 거의 잊었다. 난 단호하게 말한다.

"당신은 '베체카' 위원장 건에 대해 어떻게 생각합니까?"

그러나 그는 주저 없이 말한다.

"난 언제나 준비가 되어 있습니다, 유리 니콜라예비치."

"페챠, 자네는?"

페챠는 말이 없다. 그러더니 생각에 잠긴 듯 머리를 흔든다.

"명령이 떨어졌다면 해야죠. 하지만 이번 일은 어려운데요. 대령님, 우리가 그 고슴도치 같은 놈을 죽일 수 있을까요?"

2월 19일

그렇다, 난 무엇을 위해 돌아왔는가……? 또다시 그리움이 나를 갉아먹는다. 자유로운 삶과 숲을 향한 그리움. 숨이 막힌다. 모스크바의 돌들이 내 목을 짓누른다. 그리고 올가에 대해 감히 생각할 수도 없다. 올가는 두 손을 모았다. 그녀는 이해하지 못했다. 하지만 난 '나도 마찬가지'라고 하지 않았던가. 바로 어제 난 예고로프와 함께 일린카 거리를 걸었다. 상점가의 벽 앞에 너

덜너덜한 할라트[1]를 걸친 타타르인[2]이 서 있었다. 그는 모자를 내밀었다. 모자에는 이런 쪽지가 핀으로 꽂혀 있었다. '동무들, 무덤에 한 푼 보태줍쇼.' 예고로프가 멈춰 섰다. 그는 손때 묻은 쪽지를 보더니 침을 뱉었다.

"동정을 사고 있군……. 뭘 동정해야 하지? 개처럼 죽어가면서도 여전히 악마들을 참아주고 동무라 부르는데. 하느님이 이 사람에게 분노하신 거야."

저쪽 편에는 '악마들'이 있다. 이쪽 편에는 무엇이 있는가? 과연 예고로프가 새로운 삶을 건설하겠는가? 과연 폐쟈가 튼실한 종자를 심겠는가? 과연 브레제가 반란을 일으킨 지주귀족이 아니란 말인가? 과연 이반 루키치는 부농이 아니란 말인가? 우리는 러시아에 무엇을 가져오고 있는가……? 하지만 사실 '하느님의 분노를 받은 자'는 우리가 아니다. '하느님의 분노를 받은 자'는 투쟁하지 않는 자들, 죽어가면서도 '악마'에게 머리를 조아리는 이들이다. 그렇다면 올가는……?

---

1 옷자락이 길고 소맷부리와 품이 넉넉한 남성용 상의. 귀족 남성들은 대개 실내복으로 착용했지만 값이 비싼 외투를 구매할 수 없었던 평민들은 겨울철에 외투를 대신할 외출용 방한복으로도 사용했다.
2 타타르의 기원에 대해서는 설이 분분하다. 약 6세기부터 중앙아시아 대초원에서 유목 생활을 하다가 12세기 무렵에 그 지역의 패권을 장악한 부족을 타타르족이라 칭하는 학설이 있는 한편, 13세기의 유럽 문헌에는 그 당시 러시아와 유럽을 침략한 몽골족을 타타르족이라 언급한 기록도 남아 있다. 15세기 몽골제국의 일부인 킵차크한국의 쇠락 이후 카잔과 아스트라한과 크림 등 러시아 남부에서 시베리아에 걸쳐 출현한 튀르크계와 몽골계의 혼혈 부족을 타타르로 보는 학설도 있다. 이 가운데 가장 강성했던 카잔한국이라는 타타르족 국가는 16세기에 이르러 모스크바 대공국에 합병되었다가, 1920년에는 소련의 자치공화국으로, 1992년에는 러시아 연방의 타타르스탄 공화국으로 계승되었다. 오늘날에는 타타르스탄 공화국과 크림 반도에서 튀르크계 언어를 사용하고 이슬람교를 신봉하는 몽골-튀르크 후예를 타타르라 일컫는다.

2월 20일

난 올가에게 말한다.
"그러니까, 약탈당한 물건은 빼앗아도 된다는 거군?"
"당신은 약탈하지 않아?"
"그러니까, 죄 없는 사람들을 죽여도 된다는 거지?"
"당신은 사람을 죽이지 않아?"
"그러니까, 기도를 했다는 이유로 총살해도 된다는 건가?"
"당신은 신을 믿어?"
"그러니까, 유다처럼 러시아를 배신해도 된다는 거야?"
"당신은 배반하지 않아?"
"좋아. 그렇다고 쳐. 난 약탈도 하고, 사람도 죽이고, 신도 믿지 않고, 배신도 해. 하지만 난 그래도 되는 거냐고 묻는 거야……."
그녀는 단호하게 말한다.
"그럴 수 있어."
"무슨 명목으로?"
"형제애, 평등, 자유의 이름으로……. 새로운 세계의 이름으로."
난 소리 내어 웃는다.
"형제애, 평등, 자유라……. 그런 말들은 경찰서에도 붙어 있어. 당신은 그런 것들을 믿어?"
"믿어."
"푸시킨과 벨라루스 농민의 평등은?"
"믿어."

"스메르쟈코프와 카라마조프[1]의 형제애는?"
"믿어."
"당신의 자유는?"
"믿어."
"그럼, 당신네들이 세계를 재건할 수 있다고 생각해?"
"우리는 재건할 거야."
"어떤 대가를 치르더라도?"
"상관없어……."
....

그녀가 낯설다. 그녀와 함께 있으면 감옥에 있는 것처럼 숨이 막힌다.

2월 21일

"그럼, 진리를 이해하는 데 책 열 권을 읽으면 충분하다는 거야?"
"어떤 책이냐에 따라서."
"복음서는?"
"아니, 복음서는 아이들을 위한 책이지."
"그럼, 무리들을 선동하려면 발코니에서 '죽여라' 하고 외치기

---

1 도스토옙스키의 소설인 『카라마조프가의 형제들』을 염두에 둔 표현이다. 작중인물인 표도르 카라마조프에겐 드미트리, 이반, 알료샤라는 세 아들이 있다. 그의 집엔 스메르쟈코프라는 하인이 있는데, 이 하인은 표도르의 사생아로 추정된다. 후에 표도르가 살해되고, 스메르쟈코프가 범인으로 밝혀진다. 스메르쟈코프는 이반의 교사로 살인을 저질렀다고 주장한다.

만 하면 충분하겠네."

"무리가 아니라 러시아 민중이야."

"신의 체현자인 민중 말인가?"

"아니, 자유로운 민중."

"그럼, 조국과 고향을 버리려면 마르크스라는 인간을 믿기만 하면 되겠군."

"당신은 나를 괴롭히고 있어, 조지……."

"언어를 훼손하고, 조상들의 신앙을 짓밟고, 굶주린 자들과 가난한 자들을 몰락시키고, 임신한 여자들을 총살하려면……."

"조지……."

"러시아의 이름을 모욕하고, 사기꾼들의 탐욕과 기만을 위해 일하려면……."

"조지……."

"기억나, 올가? '만일 당신이 내 앞에 엎드려 절만 하면 모두가 당신의 것이 될 것이오.' 가서 절해! 아니, 당신은 이미 절을 했지……. 이젠 모두 당신의 것이로군. 모두 당신네들 것이야. 권력은 당신에게, 당신네들에게 주어졌어."

그녀는 탁자에 가슴을 대고 엎드렸다. 그녀가 목 놓아 흐느낀다. 폐쟈가 날 기다린다. 난 자리를 뜬다.

2월 22일

폐쟈가 보고한다.

"대령님, 대령님은 죽었습니다. 하느님을 걸고 말하는데 정말로 죽었습니다……. 어제 보고가 들어왔습니다. 대령님이 오데사에서 모스크바로 돌아왔다고요. 오늘 아침에는 또 이런 보고가 들어왔습니다. 8시에 페트롭스키 공원으로 대령님이 '자동차'를 타고 올 거라고요. 비상이다! 다들 바쁘게 뛰어다녔죠. 곧바로 트베르스키 초소에 1개 중대를 배치했습니다. 죄 많은 저도 그 자리에 있었지요. 정말, '자동차'가 덜컹거리는 소리가 들리더군요. '차 세워……! 밖으로 나와……! 신분증 꺼내봐!' 그러자 한 신사가 밖으로 나왔습니다. '난 알렉슈크입니다.' 그자가 말합니다. '국립 은행에서 근무합니다!' '알렉슈크? 국립 은행에서 근무한다고……? 알았어. 따라와.' 이리저리 끌려다니는 동안 그 남자의 얼굴이 하얗게 질렸습니다. '살려줘!' 하는 표정이었죠. 그는 다섯 발짝 정도 가다가 공포에 질려 떨기나무들 속으로 달아났습니다. 탕! 탕……! 모든 라이플총이 불을 뿜기 시작했습니다. 제가 몸을 숙여 살펴보니, 이미 숨이 끊어져 있었습니다. 그때 상관이 말하더군요. '개한테는 개죽음이 마땅하지.' 그러니까, 그게, 대령님을 두고 한 말이에요……. 이렇게 해서 대령님은 사망자가 됐습니다."

"페쟈, 보고서를 쓴 건 자네지?"

"절대 아닙니다. 무슨 말씀을 하시는 거예요? 제가 감히 그런……."

난 그가 거짓말하고 있다는 것을 안다. 그는 또다시 '아쿨카'를 벌였다. 물론 그가 이겼다. '그것은, 말하자면, 운이 좋았던 것이다.'[1]

---

1 7월 6일 일기에서도 화자는 아쿨카 카드놀이에서 돈을 잃지 않는 페쟈에 대해 똑같은 말을 했다.

2월 23일

브레제가 체포됐다. 교련 후 그는 승마 연습장에서 체포되어 트럭에 실려 '베체카'로 연행됐다. 그는 저항하지 않았다. 페쟈는 내게 집에서 나오지 말라고 신신당부한다. 이제 충분하다. 나는 격리 생활에 질렸다. 올가……. 올가는 남이다. 하지만 남이 될 수 있는 것도 내 사람이었기 때문에 가능한 일이다. 브레제 또한 한때 내 사람이었다. 물론 내 사람인 동시에 타인이었다. 우리들은 저마다 진실의 한 조각을 품고 있다. 한 조각만을, 보잘것없는 한 부분만을……. 진리를 완전히 인식했다고 말할 자, 누가 있겠는가?

2월 24일

혹시 '베체카' 위원장이 앞으로도 계속 살아남는 건 아닐까? 페쟈는 브레제가 체포된 것이 우연이라고 맹세한다. 그러나 내가 포위된 것도 우연이고, 브레제가 체포된 것도 우연이라니……. '혁명을 향해 전진하라! 지칠 줄 모르는 적들은 경계를 늦추지 않는다.' 우리는 경계를 늦추지 않는다. 물론 그들도 경계를 늦추지 않는다. 늑대는 30베르스타[2] 밖에 있는 사람도 감지해 낸다. 그들도 그렇게 우리를 감지한다. 우리도 그렇게 그들을 감지한다. 난 위험을 느낀다. 위험이 주위를 배회하고 있을 거라고

---

2 верста. 제정러시아의 거리 단위로서 1베르스타는 1.017킬로미터에 해당한다.

짐작한다. 예고로프는 침울해졌다. 그는 시니친을 떠올리며, 모스크바에 모닥불이 없는 것을 애석해한다. "누구를 태우고 싶은데, 예고로프?" "누구라뇨? 아마 아실 텐데요……." 난 모른다. 정말로 폐쟈는 아니겠지? 이반 루키치도 아니겠지?

2월 25일

오늘 루뱐카 지하실에서 브레제가 총살됐다. 그가 죽음을 앞두고 나에게 편지를 썼다. 폐쟈가 편지를 가져왔다. "나는 내가 곧 죽는다는 것을 알지만 목숨이 아깝지는 않습니다. 내 양심은 깨끗합니다. 난 내 의무를 다했습니다. 난 최선을 다해 러시아를 섬겼습니다. 내가 이룬 것이 보잘것없다 해도, 다른 사람들이 더 많은 것을 해줄 것입니다. 러시아를 믿습니다. 러시아의 영광과 자유와 위대함을 믿습니다. 러시아 민중을 믿습니다. 난 이제 그들을 위해 죽습니다."

행복한 브레제. 마음에 확고한 신념을 품고서, 논쟁할 여지가 없는 정당성을 자각하면서 죽는 것은 멋진 일이다. 죽음을 앞둔 마지막 순간에 자기의 양심을 돌아보며 '주여, 전 저의 몫을 다했습니다'라고 기도하는 것은 멋진 일이다. '벗을 위해' 자신의 생명을 바치는 것도 멋진 일이다…….[1] 나자렌코도 그렇게 죽었다.

---

1 요한의 복음서 15:13을 염두에 둔 표현이다. 전문은 다음과 같다. "벗을 위하여 제 목숨을 바치는 것보다 더 큰 사랑은 없다."

2월 26일

…보라, 그들이 위엄 있게 걸어간다.
뒤에는 굶주린 수캐,
앞에는 피에 젖은 깃발을 든,
눈보라에 가려 보이지 않고
총탄에 해를 입지 않은,
연약한 걸음을 내디디며
진주 같은 눈을 뿌리는,
장미로 엮은 흰 면류관을 쓴,
앞에는 예수 그리스도.[2]

"조지, 이 시 기억나?"

"기억해. 하지만 당신의 말대로라면, 그리스도 얘기는 애들한테나 어울릴 텐데……."

"맞아, 아이들에게나 들려줄 얘기지. 하지만 들어봐. 우리는 브레스트-리톱스크 조약[3]으로 시작해서 러시아의 방어로 끝을 맺었어. 당신들은 공격으로 시작해서 남의 빵에 빌붙는 것으로 끝났지. 그렇지 않아?"

"그래, 사실이야."

"더 들어봐. 처음에 우리는 전선에서 우애를 나누는 수준이었지만, 결국은 가는 곳마다 승리를 쟁취하게 됐어. 당신들은 의용

---

2 알렉산드르 블로크의 시 「12」 중 한 대목.
3 1차 세계대전 말기인 1918년 3월 3일에 소비에트 정부와 유럽 동맹국(독일, 오스트리아, 불가리아)들이 체결한 조약.

군으로 시작해서 렘노스¹에서 끝났지. 그렇지 않아?"

"그래, 사실이야."

"또 들어봐. 우리는 기관총으로 시작해서 자유로 끝을 맺었어. 당신들은 자유로 시작해서 우스꽝스러운 차르로 끝났지. 그렇지 않아?"

"그렇다고 하지……."

"그런데 당신은 왜 우리와 대적하는 거야?"

장식 없는 똑같은 검은색 옷을 입은 그녀가 창백한 얼굴에 엄격한 모습으로 앉아 있다. 난 그녀를 바라본다. 옛 올가의 흔적을 찾는다. 여기 내가 좋아하는 하늘색 눈동자가 있다. 하지만 그 눈동자도 예전의 그 눈동자가 아닌 것 같다. 나를 사로잡던 눈동자의 힘은 어디에 있는가? 아니다. 또다시 축일이 아니라 평일이다……. 난 조용히 말한다.

"그럼 왜 당신은 우리와 함께하지 않지? 당신들은 이미 오래전에 자신의 신념을 버렸어. 당신들의 '공산당 선언'은 어디에 있지? 생각해 봐. 당신들은 '오막살이에 평화를, 궁전에 전쟁을' 약속하더니, 이제는 오막살이를 불태우고 궁전에서 술판을 벌이지. 당신들은 형제애를 약속했어. 그런데 어떤 이들은 '무덤'을 위해 구걸하고, 어떤 이들은 그들에게 적선을 해. 당신들은 평등을 약속했지. 하지만 이제 어떤 이들은 왕들 앞에서 머리를 조아리고, 또 어떤 이들은 참을성 있게 채찍질을 기다려. 당신들은 자유도 약속했어. 그런데 어떤 이들은 명령을 내리고, 어떤 이들

---

1 호메로스의 『일리아스』에 나오는 장면. 그리스군이 트로이로 원정을 떠나는 중에 그리스군의 명궁수인 필록테테스가 독충에 발을 물리고 만다. 그의 상처에서 풍기는 지독한 악취와 그의 처절한 비명을 견디지 못한 그리스군은 오디세우스의 제안대로 그를 렘노스섬에 버리고 트로이로 향한다.

은 노예처럼 복종해. 모든 게 예전과 똑같아. 차르 시대와 똑같다고. 그리고 코뮨 같은 건 없어……. 기만, 요란한 슬로건, 곳곳에서 벌어지는 절도……. 그렇지 않아? 말해봐."

그녀는 말이 없다. 차마 대답을 못 한다.

"말해봐."

"그래. 맞아."

2월 27일

과연 올가를 설득할 수 있을까? 설사 그럴 수 있다 해도 나는 무엇을 위해서냐고 묻겠다. 그녀가 운다. 하지만 난 안다. 그녀가 우는 건 자신의 과오 때문도, 심지어 나 때문도 아니다. 그녀는 우리의 사랑 때문에 우는 것이다……. 우리 모두 안개 속을 헤매고 있다. 우리에게는 페쟈의 순진무구함도, 예고로프의 불같은 열정도, 브레제의 순수함도 없다. 마음을 평온하게 해줄 그 무엇도 없는 것이다. 우리는 자신들이 죄인임을 안다. 서로 차이는 있겠지만, 그래도 역시 죄인인 것이다. 혹은 아무도 죄인이 아니고, 죄인이 될 수도 없다. 모두가 옳다. 다들 '흙먼지'고, 다들 '깃털'인 것이다…….[2] 한 손에 저울을 들고 말을 탄 자, 그는 어디에 있는가?

---

2 7월 26일 일기 참조.

2월 28일

우리는 모든 것에 대해 이야기를 나눈다. 하지만 정말 모든 것에 대해 말하고 있는 걸까?
"조지……"
"왜, 올가?"
"조지, 당신은 날 증오하지?"
"아냐, 올가."
"하지만 당신은 날 사랑하지도 않지……? 혹시 사랑하는 여자가 따로 있어?"

다른 여자……? 불현듯 스톨프치가 떠오른다. 달빛, 하얀 머릿수건……. 별과 숲과 싱그러운 건초 향이 떠오른다. 그녀의 말이 들린다. '연애는 나 같은 촌년이랑 해도 결혼은 자기랑 동등한 귀족 딸과 한다는 것…….'[1] 내가 그루샤를 사랑했나? 모르겠다. 그때는 그녀를 사랑하지 않는다고 생각했다.

"대답해."

그녀는 불타는 듯한 눈동자를 치켜뜬다. 그녀가 뚫어지게 바라본다. 그러고는 말한다.

"당신은 다른 여자를 사랑하고 있어……. 그런데 왜, 왜 돌아온 거야? 왜 날 혼란스럽게 해? 왜 날 비웃는데……? 아, 난 당신의 적이고, 당신은 날 증오해. 그러니 가, 조지, 가버려……."

"좋아. 가지."

내가 이렇게 말하자 그녀가 깜짝 놀랐다. 그녀는 일어나 천천

---

1 7월 21일 일기 참조.

히 창가로 다가간다. 회색 창틀에 길고 검은 그림자가 어린다. 올가……. 나를 이곳에 있게 한 올가…….

"그래, 조지. 가."

3월 1일

이반 루키치는 '위원회'의 업무 때문에 남쪽으로 떠났다. 그는 아마도 '체카'를 두려워하고 있으며, 아마도 똑같이 곡물을 팔고 있을 것이다. 곡물, 담배, 코코아, 술……. 그는 어떤 물자도 꺼리지 않는다. 그는 '농장'을 위해 돈을 저축하고 있다.

예고로프는 분개했다. "우리를 버린 겁니다. 잽싸게 도망간 거라고요……. 모든 게 탐욕 때문이죠. 우리 일에 탐욕이 가당키나 합니까? 우리의 사명을 감당하려면 중위님처럼 깨끗한 루바시카를 입어야 합니다.[2] 이 저주받을 놈들……. 민중을 모독하고, 돈으로 꼬드기고……."

그는 뒷마당에 있는 헛간에서 지낸다. 오른쪽 구석에는 이콘들이 있다.[3] 사바오프 신[4]과 그리스도 구세주의 이콘이다. 왼쪽에는 쇠를 씌운 커다란 트렁크가 놓여 있다. 그 안에는 브라우닝 총, 탄약통, 폭탄, 수류탄 들이 들어 있다. 뚜껑 안쪽에는 '사람의

---

2 러시아어로 '깨끗한 루바시카'라는 표현은 '맑은 영혼', '정직한 마음' 등을 뜻한다. 예고로프가 중위님이라고 일컫는 사람은 브레제로 보인다.
3 이콘은 전통적으로 방 출입구의 맞은편 오른쪽 구석에 걸렸다. 러시아 정교회 신자들에게는 방에 들어설 때 이콘을 향해 성호를 긋는 것이 관례였다.
4 우리말 공동번역 성서에서 성부 하느님을 칭하는 호칭인 '야훼'가 러시아어 성경에는 '사바오프'로 표기되어 있다.

일생'이라는 제목의 민간 목판화가 붙어 있다. 그림 위쪽에는 유년기, 청년기, 결혼이 그려져 있고, 아래쪽에는 결혼, 노년기, 묘지가 그려져 있다. 묘지 밑에는 지옥이 묘사되어 있다. 삼지창을 든 꼬리 달린 악마, 지옥, '영원한 불'. 예고로프가 손가락으로 가리킨다.

"이것 보세요. 사람들이 이걸 잊고 있어요."

난 말한다.

"예고로프, 자네도 떠나는 편이 낫지 않을까?"

"절대 그럴 수 없습니다, 대령님."

"잘 생각해 봐, 예고로프. 분명 자네도 체포될 거야."

"전 체포되지 않습니다……. 이 트렁크로 놈들을 전부 폭파시킬 테니까요."

난 미소를 짓는다.

"그러면 죄가 되지 않을까?"

"죄라뇨? 악마들을 처부수는 게 죄가 됩니까? 도대체 어디서 그런 말을 들으신 겁니까, 대령님?"

3월 2일

폐쟈가 전화로 그들이 우리를 찾고 있다고 알린다. 난 그에게도 도망치라고 권했다. 물론 그는 거절했다. "대령님이 계신 곳에 저도 있겠습니다. 죽어도 같이 죽어야죠, 악마가 그놈들을 전부 잡아가면 좋겠네요……." 난 우리가 불장난을 하고 있다는 것을 알지만 임무를 저버리고 싶지도, 그렇게 할 수도 없다. 난 폐쟈가 '베체카' 위원장의 주소를 알아낼 거라는 희망을 품고 있다. '베체카'……. 얼마나 수줍어 보이는지……. 왜 '오흐란카'[1]라고 하지 않을까? 사실 차르 시대의 고문실과 똑같고, 셰먀카의 재판[2]과 똑같지 않은가?

난 모스크바를 거닌다. 함박눈이 내린다. 눈이 가로수 길과 광장과 골목을 뒤덮는다. 지붕들이 하얗게 변하고 있다. 공기가 하얗게 흔들리고 있다. 구세주탑[3]의 시계가 시간을 알린다. 난 우리의 만남에 대해, 올가에 대해 생각한다. 난 그녀가 믿는 것들을 믿지 않는다. 그녀의 기쁨은 곧 나의 불행이다. 그녀의 승리는 곧 나의 수치스러운 종말이다. 물론 그와 반대여도 마찬가지다……. 그녀에게 돌아가기가 힘들다.

3월 3일

진리를 아는 것은 우리에게 허락되지 않는다. 하지만 우리가 아는 것은 두 부분으로 찢어져 있다. 그 가운데 하나는 저들에게, 다른 하나는 우리에게 있다. 모든 말들이 살아 있는 육신을 입는 것은 아니지만, 모든 말은 출혈로 쇠약해질 수 있다. 저들의 말은 출혈로 쇠약해졌다. 피가 강이 아닌 대양을 이루어 흘렀다. 무엇을 위해? 올가는 말한다. 형제애와 평등과 자유를 위해

---

1 Охранка. 1880년부터 러시아 혁명 때까지 혁명 운동을 단속한 비밀경찰. 11월 9일 일기에 나오는 '오흐라나'의 또 다른 이름으로 보아도 무방하다.
2 셰먀카Шемяка는 러시아 중세 문학에 나오는 재판관의 이름으로 불공평한 재판의 대명사처럼 사용된다.
3 Спасская башня. 모스크바의 크렘린궁에 있는 시계탑.

서라고. 그녀는 꿈을 꾸고 있다. 나 역시 꿈을 꾸고 있다. 그렇다면 현실은? 모두가 헛되고 헛된 것이 아닐까?[1]

난 검을 들었다. 난 검을 들지 않을 수 없었다. 난 러시아의 아들이기 때문에 그러지 않을 수 없었다. 그럼 지금은? '나의 사랑하는 자와 친구들이 내 상처를 바라보곤 비켜섭니다. 가족들마저 나를 멀리합니다.[2] 나는 곧 쓰러질 것 같으며, 고통은 잠시도 나를 떠나지 않습니다.'[3]

3월 4일

난 물론 그녀에게 돌아갔다. 그녀의 방도 낯설다. 지나치게 황량한 벽. 지나치게 불손하고 지나치게 모욕적인 초상화…….

"올가, 떼어내."

그녀는 순순히 내 말에 따랐다. 그녀는 금도금 액자를 떼어낸다. 그러고는 자리에 앉아 내 손을 잡는다.

"조지, 괜찮다면, 내가 점을 쳐줄까?"

난 점을 믿지 않는다. 그리고 점을 쳐주고 싶다는 그녀의 말도 믿지 않는다. 난 말한다.

"필요 없어……. 당신도 어딘가에서 일을 하나?"

---

1 전도서 1:2. 전문은 다음과 같다. "헛되고 헛되다, 설교자는 말한다, 헛되고 헛되다, 세상만사 헛되다."('설교자'는 솔로몬을 가리킨다.)
2 시편 38:11. 이 구절은 새번역 성서에서 인용했다. 우리말 성서의 여러 판본 중에서 이 대목에 인용된 러시아어 성서의 구절과 가장 가깝게 번역된 판본은 새번역 성서라고 판단했다. 다만 러시아어 성서에서는 시편 37:12에 해당한다.
3 시편 38:17. 이 구절 역시 새번역 성서에서 인용했다. 러시아어 성서에서는 시편 37:18에 해당한다.

"그래."
"어디에서?"

그녀는 무슨 '위원회'라고 말한다. 아이들을 돌보는 일이다. 물론 '프롤레타리아'의 아이들이겠지.

"당원이야?"
"응."

난 이 당 때문에 사람들을 교수형에 처하곤 했다……. 난 침묵한다. 그녀 역시 오랫동안 침묵한다.

"조지……."
"왜, 올가?"
"그럼 당신이 생각하기에 진실은 어디에 있는 것 같아? 백군에는 없어?"
"없어."
"녹색군에는?"
"없어."
"그럼 예전의 당에는?"
"없어."
"그럼 도대체 어디에 있는데?"
"몰라……. 공장, 병영, 시골 마을의 소박하고 어리숙한 사람들에게 있겠지. 하지만 당신들에게는 없어."

그녀는 일어나 내게로 몸을 구부린다. 그러다 갑자기 나를 빠르게 힘껏 끌어안는다. 난 그녀의 육체를 느낀다. 그녀의 풍만하고 부드러운 가슴을. 그루샤도 그렇게 안았다.

"시간이 없군, 올가. 잘 있어."

3월 5일

"조지, 다른 여자를 사랑하지?"

"몰라, 올가. 모르겠어……."

"모른다고……? 당신은 더 이상 날 사랑하지 않아……. 조지, 내가 당신을 얼마나 기다렸는데……. 그 후…… 그 후에…… 당신은 '비적'이……. 난 어쩔 수 없었어. 당신이 이해해야 해……. 하지만 말해봐, 그 여자 누구야? 그 다른 여자가 누군데?"

"올가, 그녀는 이제 없어."

"그러니까, 내 말이 맞지? 그러니까 내가 잘못 생각한 게 아니라는 거지……? 아냐, 조지, 난 사랑하지 않아. 증오해. 그래. 당신을 증오해……."

그녀가 운다. 펑펑 쏟아지는 여자들 특유의 눈물이 흐른다. 그 루샤도 숲에서 저렇게 울었다.

"올가……."

"아니야……. 당신은 변절자야. 당신은 배신자야. 당신은 민중의 적이야……. 당신은 우리의, 나의 적이야……."

"올가……."

"말했잖아. 가버리라고."

그녀가 나를 내쫓은 게 두 번째다. 그렇게 내버려두자. 내 사랑이 가련하게 느껴진다. 그러나 내게는 더 이상 분노도, 연민도 남아 있지 않다. 거리에서 나는 그녀를 잊는다.

3월 6일

『이즈베스치야』 신문[1]에 다음과 같은 기사가 실렸다.

'반혁명분자들의 새로운 범행이 발생했다. 나르콤즈드라프에서 모반을 획책한 폭발이 있었다. 혁명의 업적을 수호하는 베체카가 앙탕트 용병과 멘셰비키, 사회혁명당원들이 벌인 이번 음모를 적발했다. 3월 5일 오후 4시, 상기한 기관에서 수위로 근무하던 표트르 라리오노프라는 인물을 체포하기 위해 베체카 요원들이 나타났다. 위험한 비적임이 드러난 라리오노프는 자신의 아파트에서 바리케이드를 쳤다. 무기를 버리라는 요구에 대한 답으로 귀를 찢는 듯한 폭발음이 울렸다. 베치스 동무, 비르크 동무, 셰판스키 동무가 사망했다. 나르콤즈드라프의 건물이 파손됐다. 비적은 폭발로 형체가 훼손되어 알아볼 수 없을 정도였다. 배신자들에게 죽음을! 에르에스에프에스에르, 만세!'

'비적은 폭발로 형체가 훼손되어…….' 예고로프는 자신이 말한 대로 했다. 그렇다, 그는 사람들을 목매달고, 총살하고, 심지어 화형까지 시켰다. 하지만 그는 '악마들'에 맞서 싸웠다. 하지만 그는 담배도 피우지 않았고 남의 식기로 자신을 더럽히지도 않았다. 이만한 공적이면 '사람들의 기억에서 잊히는 것'을 피하기에 충분하지 않은가? 그는 믿었다. 그리고 그 믿음은 거룩히 여김을 받을 것이다.

---

1 소비에트 정부 기관지. 1905년 10월 페테르부르크에서 최초의 노동자 소비에트 기관지로 창간됐다.

3월 7일

예고로프는 무지한 노인이었다. 민중의 내면은 검으니까…….[1] 개간되지 않은 땅은 검고 비옥하고 풍요롭다. 그는 대지에 뿌리를 내리고 있었다. 그러나 '대지진이 일어났다'. 오랫동안 이어져 온 생활이 흔들렸다. 그리고 새로운 생활이……. 새로운 생활은 그에게 무엇을 주었는가? '아들이 살해되고 집이 불살라졌다……'.[2] 악마의 교사.

바람이 굴뚝 안에서 울부짖는 소리가 들린다. 그래서 모스크바가 아니라 숲에 있는 것 같고, 단풍나무들의 우듬지가 윙윙거리는 것 같다. 이제 저 어둠 속에서 예고로프가 나와 두 손가락으로 성호를 그으며 말할 것이다. "오, 용서하소서, 하느님, 은혜를……." 그리고 여름비가 상쾌함과 기쁨을 일으키며 쏴쏴 소리를 낼 것이다.

3월 8일

페쟈가 구석에 앉아 있다. 줄담배를 피운다. 그는 많이 야위었다. 눈 밑에 멍이 들었다. '아쿨카'를 하다가 돈을 잃은 듯하다.
"낚싯줄을 되감아야 하지 않을까요, 대령님?"[3]
"페쟈, 베체카 위원장은?"

---

1 러시아어 тёмный에는 '무지한', '검은', '어두운' 등 다양한 뜻이 있다.
2 11월 2일 일기 참조.
3 '낚싯줄을 되감다'라는 표현은 '서둘러 떠나다'를 뜻한다.

"상황이 아주 안 좋아요, 대령님. 이젠 저한테도 추궁을 한다니까요. '당에 들어온 지 오래됐나? 전에는 어디에서 근무했지? 감옥에 들어간 적 있나? 어느 감옥이었지……?' 제가 수캐처럼 거짓말을 늘어놓아 아무 일도 없긴 합니다. 교활해졌어요, 파렴치한 놈들. 대령님은 그 비열한 놈들의 술책을 이겨낼 순 없을걸요……."

"주소는 알아냈어?"

"알아두긴 했는데……. 그런데 왜요, 대령님? 맹세코 저들이 담배를 피우듯 체포할 텐데요……."

"됐어. 그러니 어서 떠나, 페쟈. 자네는 없어도 돼."

그는 담배꽁초를 벽난로 속에 집어 던진다.

"토요일 전에는 불가능합니다. 떠나고 없거든요. 토요일에나 돌아올 거예요. 토요일까지는……."

그가 절망적으로 한 손을 내젓는다. 그는 두려워하고 있다. 심장에 죽은 쥐가 들어 있기 때문이다. 난 그의 말을 막는다.

"내가 말했지. 주소를 주고 떠나."

3월 9일

페쟈는 아무 데도 갈 수 없었다. 바로 그날 저녁, 그는 체포됐다. 난 또다시 『이즈베스치야』를 읽는다. '반혁명분자'인 스파이 코발료프가 도주를 시도하다 죽었다는 기사가 실렸다. 즉, 이제 페쟈도 없는 것이다. 아무도 없다. 난 혼자다.

3월 10일

토요일까지 기다려야 한다……. 오늘은 목요일이다. 나 자신이 사냥개에 쫓기는 짐승처럼, 보브루이스크의 코미사르 아내처럼 느껴진다. 숲이 그립다. 성 바실리 교회는 음산하고 크렘린은 음울하다. 저기 저 벽은 전투에서 죽은 코뮤니스트들의 묘다. 그들에게는 영광과 영원한 평온이 있다. 그럼 나에게는……? 내게는 드넓은 공간이 있다. 짓밟힌 호두나무가 숲속에서 사락사락 소리를 낸다. 막사 위로 방수포가 올라간다. 그루샤가 맨발로 들어온다. '그자들을 죽여. 죽여……. 한 놈도 살아서 떠나지 못하게, 그 저주받을 놈들이 전부 뒈져버리게…….'[1]

3월 11일

그렇다, 페쟈가 옳았다. 그의 말대로 '낚싯줄을 되감아야' 했다. 난 저녁에 트베르스카야 거리로 나갔다. 생각 없이, 목적 없이 걸었다. 나는 나의 작은 상자 속에서 숨을 헐떡이고 있었다. 아래쪽 광장에서 '자동차' 한 대가 내 뒤를 쫓았다.

"동무, 거기 서! 손 들어!"

난 늦지 않게 브라우닝총을 꺼낼 수 있었다. 언제나 소매 안에 권총을 넣고 다닌다. 난 오른손을 들어 영문도 모른 채 총을 쏘아댔다. 사람의 모습은 보이지 않았다. 다만 검은 그림자만 보였

---

1 7월 22일 일기 참조.

다. 난 마지막 총알이 떨어질 때까지 계속 방아쇠를 당겼다. 그제야 정신이 들었다……. 주위를 둘러보았다. 아무도 없고 몹시 어두웠다. 축축한 눈이 쌓인 다리 위에 세 사람이 쓰러져 있었다. 방치되어 있던 트럭에서 엔진 소리가 났다. 난 골목으로 몸을 피했다……. 결국 '베체카' 위원장은 암살당하지 않을 것이다.

3월 12일

난 교수와 작별 인사를 나누었다. 그때 초인종 소리가 울렸다. 교수가 흠칫 몸을 떨었다. 난 브라우닝총을 꺼낸 후 문을 열었다. 문 앞에 올가가 서 있었다.
"왜 총을 들고 있어?"
"쫓기고 있어."
"누구한테?"
"당신의 친구들인 코뮤니스트들에게."
그녀는 의자에 앉았다기보다 전처럼 의자에 거의 쓰러지다시피 했다. 털모자에 모피 외투를 걸치고 있었다.
"조지……. 떠날 거야? 그래?"
"그래, 올가."
"조지, 내 사랑, 나도 데려가……. 조지."
"어디로?"
"당신이 원하는 곳으로."
'당신이 원하는 곳으로 날 데려가…….' 그루샤도 그렇게 애원

했다…….[1] 그런데 왜 짧게 깎은 머리에 털모자를 쓴 이 여자가, 잘 알지도 못하는 이 낯선 여자가 날 '당신'이라 부르며 말을 걸고 '조지'라 부르는 걸까?

"안 돼, 올가."

"조지, 원하는 대로 살고 원하는 대로 해. 하지만 뿌리치지는 마……. 날 가엾게 여겨줘……. 조지, 난 정말 당신을 사랑해. 언제나 당신을 사랑했어……."

"안 돼, 올가."

"내가 코뮤니스트라서? 내가 당신들의 적이었기 때문에?"

난 침묵한다.

"제발, 뭐라고 말 좀 해봐. 어서."

그녀는 울지 않는다. 그녀의 눈동자는 메말라 있다……. 그녀는 기다린다. 그루샤도 그렇게 대답을 기다렸다……. 다른 대답을…….

"내가 당신을 사랑하지 않으니까."

난 그렇게 말하고도 스스로의 귀를 의심했다. 그녀는 고개를 숙였다. 부엌에서 교수가 컵을 달그락거리는 소리가 들린다. 벽에 걸린 뻐꾸기시계가 째깍째깍 소리를 냈다. 지금도 기억한다. 창밖에서 눈이 천천히 빙글빙글 돌던 것을.

---

1 8월 1일 일기 참조.

3월 13일

난 객차 안에 있다. 반외투와 독한 담배의 냄새가 풍긴다. 멀찍이 떨어진 어두운 구석에서 한 젊은이가 '무아지경'에 빠져 발랄라이카를 연주한다.

아, 코뮨이여, 나의 코뮨이여!
아, 비굴하기 짝이 없는 너의 낯짝이라니!

난 무엇을 얻었는가? 뒤에는 갓 만들어진 묘지들이 있다. 앞에는…… . 앞에는 무엇이 날 기다리고 있을까? 길이 험난하고 멀다. 끝이 보이지 않고, 끝이 어디쯤 있을지 예측할 수도 없다. 내일 저들은 멸망할 것이다. 누가 저들을 대신할 것인가? 페쟈, 예고로프, 브레제? 아니면 손이 하얀 지식들들, 악에는 손가락도 담근 적 없는 성자 카시얀? 하지만 파괴가 아닌 건설을 해야 하지 않는가…… . 올가…… . 난 그녀를 사랑하지 않는다고 말했다. 그렇다, 세상은 나에게 아무도 없는 곳이나 마찬가지다. 러시아는 올가, 올가는 러시아다. 그것은 사실이 아니다. 그럼 그루샤는……? 그루샤는 없고, 올가에 대한 환상도 없다. 원이 닫혔다. 희망이 사라지면 그 원도 최후를 맞는 게 아닐까?

코뮨의 지갑은 구멍투성이구나!
코뮨의 제국에는 도적들 천지구나!

증기 기관차가 날카로운 기적 소리를 울리고, 바퀴가 요란한 굉음을 낸다. 발랄라이카가 어둠 속에서 '무아지경'에 빠져 있다. 기차가 질주한다. 어디로 가는 걸까?

3월 14일

기차가 질주한다. 헐벗은 자작나무 밑에 한 남자가 목에 밧줄이 걸린 채 모자도 쓰지 않고 서 있는 것이 보인다……. '어디를 보고 성호를 긋는 거야? 동쪽을 보고 그어.'[1] 너울거리는 붉은 화염과 희뿌옇게 드러난 맨 어깨가 보인다……. '수염에, 그놈 수염에 불을 붙여.'[2] 마을이 불타고 도끼가 햇살에 번득이는 것이 보인다. '죽이겠다!' 기차가 질주한다. '어이, 동지, 겁내지 마! 성스러운 러시아에 총알을 박아주자고!'

탄환은 발사되었다. 그리고 상처 입은 러시아가 떨고 있다. 저들만 쏜 것이 아니라 우리도 쐈다. 손에 총을 든 자들 모두가 쐈다. 누가 러시아의 편인가? 누가 러시아의 적인가? 우리……? 저들……? 우리와 저들 모두……?

때를 아는 것은 허락되지 않았다. 그러나 조국은 일어설 것이다. 우리의 피로써 일어서고, 민중의 심연으로부터 일어설 것이다. 우리를 '깃털'이라 불러도 좋다. 거친 비바람이 우리를 '들어 올린다' 해도 좋다. 눈이 멀고 서로를 증오하는 우리는 한 가지 불문율에만 복종할 뿐이다. 그렇다, 우리의 죄를 측량하는 것은 우리가 아니다. 그러나 우리의 작은 희생을 측량하는 것도 우

---

1 11월 7일 일기 참조.
2 7월 13일 일기 참조.

리가 아니다……. '어린 양이 셋째 봉인을 떼셨을 때에 나는 셋째 생물이 "나오너라." 하고 외치는 음성을 들었습니다. 그리고 보니 검은 말 한 필이 있고 그 위에 탄 사람은 손에 저울을 들고 있었습니다.'[3]

1923년.

---

[3] 요한의 묵시록 6:5.

해설
기나긴 침묵의 세월을 넘어

연진희

1. 지워진 역사

중국의 한 호텔 방에서 맞은편 건물을 감시하는 두 조선인 청년. 아직 소년티를 벗지 못한 한 청년이 떨리는 목소리로 중얼거린다. "목을 딸 건가요, 심장을 찌를 건가요?"

이들의 임무는 소련의 막대한 지원금을 빼돌린 배신자를 찾아 그를 죽이고 돈을 찾아오는 것이다. 세르게이라는 훤칠한 사내가 이제 막 의열단에 입단한 이 풋내기 청년에게 칼을 내민다. "너, 제2의 사빈코프가 되고 싶다고 했지?"

1920년대 초 상하이의 조계지에서 활동하던 조선인 의열단원들의 삶을 재현한 한국 영화 〈아나키스트〉(2000)의 한 장면이다. 더듬더듬 의열단 선언문이나 외던 풋내기 테러리스트조차 두근거리는 마음으로 간직하던 그 이름, 사빈코프……. 이 짧은 장면은 사빈코프가 중국과 연해주에서 독립운동을 하던 숱한 조선인들에게 살아 있는 전설로 기억되었으리라 짐작하게 한다.

그러나 1900년대 초에 조선 청년들의 가슴을 떨리게 했던 그 이름은 현재의 우리에겐 무척이나 낯설다. 하물며 사빈코프의 필명인 롭신이란 이름은 더욱더 그러하다. 그건 아마도 러시아 혁명가인 동시에 반反볼셰비즘 노선을 보여준 그의 경력 때문일 것이다.

분단 이후 한반도 남쪽에서는 근대사에 새겨진 '빨갱이'의 흔적을 거칠게 삭제해 왔다. 그러다 보니, 일본 침략기에 가장 왕성한 해방 운동을 한 좌파 독립운동가들의 기록은 오랫동안 봉인되어 있을 수밖에 없었다. 하물며 '빨갱이'의 원산지인 소련의 혁명사야 말해서 무엇 하겠는가? 소련의 역사가 서점에 버젓이 얼굴을 내민 건, 분단 70년 남짓의 역사 속에서 불과 얼마 되지 않았다. 그나마도 혁명의 승자인 레닌과 볼셰비키 중심의 혁명사였다.

소련에서는 혁명 후, 특히 스탈린 집권 후 사회와 문화에 대한 당의 개입이 지나치게 확대되고 정적들에 대한 대대적인 숙청이 이루어지면서 노선을 달리한 혁명 세력에 대한 기록이 왜곡되거나 숨겨졌다. 특히 사빈코프가 몸담은 사회혁명당(러시아의 아나키스트 정당)은 볼셰비즘의 공격을 받던 대표적인 혁명가 그룹이다. 아나키즘의 연구자인 다니엘 게렝은 『아나키즘』에서 아나키스트와 마르크스주의자의 관계를 '형제이자 적'으로 표현했다. 그러나 형제였던 시기보다 적이었던 시기가 훨씬 길었고, 프롤레타리아 독재가 수립된 뒤에는 서로 철천지원수나 다름없었다. 사빈코프 역시 "내가 이 땅에 발 딛고 서 있는 한 볼셰비키와 끝까지 투쟁하리라"라고 말할 정도였다. 이렇게 된 가장 큰 이유는 아나키스트와 볼셰비키의 사상이 얼핏 보기엔 비슷해 보여도 물과 기름처럼 너무나 다르기 때문이다.

아나키즘은 '아나르코an archos'라는 그리스어에서 나온 말로 지배자가 없다는 뜻이다. 굳이 번역하자면 '자유 연합주의'라 할 수 있는데, 우리나라에는 '무정부주의'라는 말로 전해져 많은 오해가 빚어졌다. 어원에서 드러나듯 아나키즘은 모든 권위를 부정하고 국가 권력기관이 행사하는 강제 수단의 철폐를 통해 자유와 평등, 정의, 형제애를 실현하고자 하는 사상이다. 이는 정부가 없는 무질서의 혼란 상태가 아니라 각 개인이 자유의사에 따라 연합한 상태를 뜻한다. 그래서 아나키스트들은 민중의 자발적인 운동을 지지했으며, '혁명가'의 역할을 농민과 노동자가 역사의 전면에 나설 수 있도록 뒤에서 도와주는 것으로 한정했다. 이는 혁명가들의 '전위적 역할'을 강조하고 당에 절대적인 권위를 부여하는 볼셰비키의 모습과 완전히 상반된다.

'과학적인' 세계관과 운동을 지향하던 '마르크스레닌주의자'들에게 아나키스트들은 혁명을 낭만적으로 바라보는 순진한 이들에 불과했으며, 공산주의로 이행하기 위한 중간 단계로서의 프롤레타리아 독재 수립에 걸림돌로 여겨졌다. 특히 아나키스트 계열 중에서도 테러 지지자들은 불장난을 일삼는 골칫덩어리로 여겨졌다. 마르크스레닌주의자들은 테러리스트들의 행동이 지배 세력의 적대감만 자극해 차근차근 성장하던 대중조직에 대한 탄압의 빌미를 제공한다고 생각했다. 레닌은 이러한 인식을 공공연히 드러냄으로써 암살을 사회변혁의 중요한 수단으로 본 사회혁명당과 노골적으로 대립했다. 급기야 1918년에는 사회혁명당원으로 짐작되는 두 자매가 레닌을 저격한 사건이 벌어지고, 그 보복으로 수백 명의 사회혁명당원이 볼셰비키에게 살해당했다. 테러를 경멸하던 레닌이 반대 세력을 숙청하는 수단으로 테러에 의지했다는 것은 아이러니한 일이 아닐 수 없다. 이 사건 이후 이론적으로나 감정적으로 테러주의 아나키스트에 대한 레닌의 적대감은 더욱더 커졌다.

한때 테러리스트로 명성을 떨치고 마르크스주의, 아나키즘, 민족주의 등 다양한 이념을 넘나들다 급기야 볼셰비즘과 정면으로 맞선 사빈코프……. 우리가 그에게 쉽사리 다가갈 수 없었던 건, 그와 우리 사이에 놓인 이런 수많은 장애물 때문이다.

2. 혁명의 방랑가 사빈코프와 소설가 롭신

사빈코프는 1879년 1월에 하리코프(현재 우크라이나의 하르키우)에서 태어났다. 그의 아버지는 법무성 관료였고, 어머니는 세빌이라는 필명으로 활동하던 민중 성향의 작가였다. 사빈코프의 어머니는 후에 아들에 대한 회상록 『슬픔의 세월』(1908)을 내기도 하는데, 평생 사빈코프의 가슴을 뜨겁게 달군 문학적 열망은 그의 어머니에게서 물려받은 것인지도 모른다.

사빈코프의 오랜 정치적 방랑은 페테르부르크 대학 시절이 그 출발점이다. 1899년 그는 반정부 활동으로 대학에서 퇴학을 당하고, 급기야 1901년에는 사회민주당과 관련된 일로 투옥되고 만다. 몇 달간의 감옥 생활 동안 그는 「망인의 그림자」(1902. 익명으로 출간)라는 단편을 통해 문단에 첫발을 들여놓는다. 퇴학 후 그는 1903년까지 '소치알리스트(사회주의자)' 및 '노동자 깃발'의 당원으로 활동했다.

'소치알리스트'는 러시아 마르크스주의의 아버지인 플레하노프의 그룹이다. 후에 사빈코프를 '반혁명분자'로 몰아붙인 레닌 역시 이 무렵 플레하노프의 '문하생'으로 있었다. 당시 플레하노프는 혁명의 주역으로 성장할 숱한 러시아 젊은이들에게 사상의 뿌리이자 뛰어넘어야 할 커다란 장애물이었다.

플레하노프는 원래 나로드니즘, 즉 인민주의에서 출발했다. 러시아 고유의 농촌공동체인 '미르'를 사회주의 사회의 맹아로 본 인민주의자들은, 러시아가 자본주의 단계를 거치지 않고도 사회주의에 도달할 수 있다는 믿음을 가졌다. 그래서 그들은 농민 계급이 혁명의 주역이 되리라 생각했으며, 필요하다면 테러를 통해서라도 혁명의 과정을 단축하려 했다. 그러나 마르크스 이론을 접한 후 플레하노프는 인민주의에서 완전히 등을 돌린다. 역사의 운동 법칙을 경제적 조건에서 찾은 그는 성숙한 자본주의의 토대 없이는 혁명도 불가능하다는 논리를 펼쳤다. 따라서 농민보다 노동자 계급을 중요시하게 되었고 '테러'에 대해서도 경제적 조건을 고려하지 않은 성급한 시도로 보았다. 그래서 그는 아직 자본주의가 성숙하지 않은 러시아로서는 2단계 혁명을 거쳐야 한다고 주장한다. 우선 부르주아 민주주의 혁명을 통해 봉건 질서를 옹호하는 차르를 처단하고, 그다음 산업의 성숙과 더불어 성장한 프롤레타리아 계급을 조직하여 사회주의를 이룩해야 한다는 것이다.

그러나 플레하노프의 주장은 혁명을 위해서라면 당장이라도 생명을 바칠 준비가 된 젊은이들에게 점차 공허하게 들리기 시작했다. 그의 논리대로라면, 러시아 혁명에 가장 필요한 사람은 어쩌면 수많은 프롤레타리아를 양산해 줄 자본가일지 모르기 때문이다. 그래서였을까, 사빈코프는 1903년 볼로그다에서 제네바로 탈출한 뒤 인민주의에 뿌리를 둔 사회혁명당에 가입했고, 이미 러시아에서도 성숙한 자본주의가 자리 잡았다고 본 레닌은 바로 사회주의 혁명에 박차를 가해야 한다며 그를 떠난다. 어느 기록을 보면, 레닌이 혁명에 대한 사빈코프의 통찰력에 감탄했다는 내용이 있다. 아마도 두 사람이 플레하노프 그룹 안에 있을 때의 일이 아닐까 싶다. 한 스승에게서 뻗어나간 두 가지가 결국엔 뿌리를 부정하면서 완전히 상극으로 돌아서는 모습이 마치 한 편의 드라마 같다.

1902년 사빈코프는 볼로그다로 유형을 간다. 그곳에서 그는 또다시 그의 인생에 중요한 영향을 끼칠 사람들을 만나게 된다. 바로 종교철학자 베르쟈예프와 독특한 언어로써 그로테스크하고 환상적인 문학 세계를 구축한 레미조프다. 사빈코프는 베르쟈예프와 후에 파리에서 만난 메레시콥스키(러시아 상징주의 문학 운동에서 주도적 역할을 한 인물)를 통해 실존에 대한 종교적인 의문을 품게 되었다. 어린 시절부터 내면 깊숙이 뿌리내린 러시아 정교의 전통이, 잠시 마르크스주의의 베일에 덮여 있다가 유형 기간에 만난 이들과의 대화를 통해 다시 눈뜬 것이다. 『창백한 말』(1909)과 『검은 말』(1923)에서 사빈코프는 끊임없이 성서를 인용하며 '말씀'과 대화를 나누는 주인공을 제시한다. 한편 레미조프는 평생 사빈코프의 좋은 '글 선생'이 되어주었다. 1903년에 볼로그다를 탈출한 후에도 사빈코프는 자신의 원고를 계속 레미조프에게 보내 조언을 구했다. 잠시 동안이지만 사빈코프는 이 볼로그다 시절에 글쓰기에 전념하며 작가 훈련을 해왔던 것으로 보인다.

그러나 이런 짧은 휴식도 잠시, 1903년 7월 볼로그다를 탈출하여 제네바로 망명하고 아제프가 이끌던 사회혁명당의 투쟁단에 들어간다. 사빈코프는 1904년의 플레베(1846-1904, 제정러시아 정치가 중에서 혁명 그룹의 탄압과 전제 통치 유지에 가장 열성적이었던 인물. 1904년 7월 28일 사회혁명당원 사조노프가 던진 폭탄에 맞아 비참한 최후를 맞는다) 암살과 1905년 세르게이 대공 암살에 성공하면서 테러리스트로서 명성을 드높였다. 그러나 표면적으로는 사회혁명당의 입장을 확고하게 고수하면서도 당의 강령에 쉽게 매몰되지 않는 개인주의적 기질과 유혈의 도덕성을 숙고하는 철학적 면모 때문에, 그는 사회혁명당 안에서도 늘 경계의 대상이었다.

1906년, 사빈코프는 투쟁단 내부의 밀고로 체포된 후, 감옥을 탈출하여 파리로 가게 된다. 그는 파리에서 또다시 운명적 만남을 경험한다. 바로 메레시콥스키와 그의 부인인 상징주의 시인 기피우스와의 만남이다. 메레시콥스키가 미친 영향은 앞서 이미 언급했다. 기피우스는 레미조프와 더불어 사빈코프에게 평생토록 조언을 아끼지 않았다.

이 망명기에 그는 그 어느 때보다 풍성하게 작품을 생산한다. 1906-1914년까지 그는 『테러리스트의 수기』라는 회상록과 「숙박」, 「레퀴엠」, 「수첩에서」, 『창백한 말』, 『없었던 일』 등의 중단편 소설을 창작했으며, 1909년 『창백한 말』의 출간을 계기로 롭신이라는 필명을 사용하게 된다.

1914년 1차 세계대전이 발발하자, 러시아는 슬라브계인 세르비아를 지원하기 위해 참전하게 된다. 프랑스에 있던 사빈코프는 러시아 군대에서 싸울 형편이 못 되자 종군 기자로 프랑스

군대에 입대한다. 이 시기에 「전시의 프랑스에서」를 비롯해 몇 몇 전쟁 단편들이 나오게 된다. 그리고 1917년 2월, 로마노프 왕조가 무너지자 사빈코프는 환희에 넘쳐 조국 러시아로 돌아간다.

1917년 2월 혁명 후 러시아로 돌아온 사빈코프는 같은 사회혁명당 당원이었던 케렌스키의 임시정부 아래에서 국방 차관을 역임한다. 이때부터 레닌과의 대립은 서서히 걷잡을 수 없을 정도로 커진다. 2월 혁명은 오랜 전쟁에 지친 러시아 민중의 대중 봉기로 이루어졌고, 이 과정에서 자연스럽게 성장한 소비에트(노동자와 병사의 대표자 협의체)는 임시정부를 좌지우지할 정도의 권력을 소유했다. 더욱이 임시정부는 뚜렷한 변혁안도, 통치를 위한 물리력도 갖추지 못했기 때문에 실질적인 지도력을 발휘하지 못했다.

이 무렵 망명에서 돌아온 레닌은 임시정부를 부르주아 내각으로 몰아붙이며 이를 무너뜨리기 위해 군경 조직의 해체를 요구했다. 사회혁명당은 임시정부 아래서 최대한 민주주의적인 토양을 만든 후 제헌의회를 통해 구체적인 사회상을 만들어가려 했다. 따라서 국방 차관을 맡은 사빈코프로서는 임시정부를 무장해제시키려는 레닌의 시도에 맞서 임시정부의 군사력 강화에 고심하지 않을 수 없었다. 이 과정에서 코르닐로프(1917년 임시정부 아래서 러시아군 최고사령관에 임명되었으나 군사독재를 요구하다가 파면되고, 10월 혁명 후 남부 러시아에서 반혁명군을 지휘하다가 예카체리노다르 전투에서 전사했다)와 긴밀한 유대를 쌓게 된다. 그러나 반혁명파와 연합국의 지지를 과신한 코르닐로프가 군사독재를 주장하며 쿠데타를 벌이자 사빈코프 역시 공모의 의

혹을 받고 임시정부에서 제명당하게 된다.

한편 전쟁의 종식을 바라는 대중들과 반대로, 조국 방어를 이유로 계속 참전을 주장했던 임시정부는 코르닐로프의 쿠데타 이후 더욱 민심을 잃게 된다. 이를 계기로 레닌과 트로츠키는 페트로그라드 민병대를 중심으로 쿠데타를 일으켜 임시정부를 실각시키고 소비에트를 장악한다. 그러나 소위 10월 혁명이라 불리는 쿠데타 이후, 볼셰비키는 그동안 임시정부에게 제헌의회를 조속히 구성하라며 거세게 항의해 온 것과 달리, 막상 정권을 잡자 의회 구성을 계속 미루기만 했다. 그러나 계속되는 여론의 요구에 못 이겨 제헌의회 소집을 위한 선거를 실시하게 되는데, 여기서 사회혁명당이 58퍼센트에 해당하는 엄청난 지지를 받게 된다. 점차 볼셰비키의 독주에 대한 반대 여론이 높아지자, 볼셰비키는 의회를 즉각 해산하고 본격적인 독재 체제를 수립하기 시작했다.

한편, 소수민족의 자결권을 주장해 온 레닌은 1917년 11월에 러시아 연방 안의 모든 비러시아 사람들의 민족적 자결권을, 심지어 분리 독립권을 인정하는 선언을 밝혔다. 그러나 막상 우크라이나가 공화국 수립을 선포하고 완전한 독립을 주장하자, 볼셰비키 정권은 군대를 파견해 우크라이나 공화국을 무너뜨리고, 우크라이나 사회주의 소비에트 공화국을 세운 후 이를 소련 연방에 예속시켰다.

볼셰비키가 정권을 잡아나가는 일련의 과정은 혁명을 지지했던 수많은 지식인들로 하여금 고개를 돌리게 했다. 사빈코프 역시 이런 과정을 지켜보면서 반볼셰비키 투쟁을 결심하게 된다. 그는 1918년 모스크바에 반혁명 지하단체 '자유와 조국 수호 연맹'을 결성해 활동하다가 백군과 결합하게 된다. 소련의 소설가 이사크 바벨의 소설 『기병대』에서 백군 장교 사빈코프가 언급되는데, 이 인물은 사회혁명당원인 사빈코프와 동일 인물이다. 백군은 구체제 부활을 위해 귀족과 지주 및 군부 세력이 결집한 무장 세력으로 알려져 있다. 따라서 사빈코프가 백군에 가담했다는 사실만 보면 그를 보수 세력이나 배신자로 오해하기 쉽다. 그러나 볼셰비키 정권을 몰아내고자 했던 많은 혁명 세력이 일시적으로 백군에 가담하는 모습은 당시 쉽게 볼 수 있는 현상이었다. 사빈코프는 백군 사령관인 콜차크 장군의 외교사절로 활동했으며, 백군에게 무기와 자금을 조달할 목적으로 연합군 세력과 손을 잡기도 했다.

그러나 사빈코프는 구세력이 헤게모니를 장악한 백군에서 뜻을 펼칠 수 없었다. 더구나 농민들은 백군의 승리보다는 차라리 볼셰비키 군대인 적군의 승리가 낫다고 생각했기 때문에 백군에 대한 민중의 지지도는 점차 낮아졌다. 그래서 우세한 군사력으로 초기에 승승장구하던 백군은 점차 힘을 잃다가 결국 적군에게 소멸되고 만다.

사빈코프의 궁극적인 투쟁 목표는 '민중 혁명의 완수'로서 구세력뿐만 아니라 볼셰비키의 독재에서도 해방된 '제3의 러시아'를 구축하는 것이었다. 러시아의 대다수를 차지한 농민 세력에 관심을 쏟던 사빈코프는 백군이 침체되자 농민 반란 세력, 즉 '녹색군'에서 활동하게 된다.

볼셰비키는 자신의 세력 기반인 적군과 도시 노동자를 위한 식량을 확보하고자 농촌에서 강제로 식량을 징발했다. 흉년에다 식량 유통마저 원활하지 않자, 많은 도시 사람들이 식량을 구하러 직접 농촌으로 찾아가거나 도시를 떠나는 일이 많아졌기 때문이다. 그래서 1920년에서 1921년 사이에는 적군이나 백군 그 어느 곳에도 속하지 않은 농민들의 반란이 거세진다. 그때 탐보트에서 안토노프(사회혁명당원)를 중심으로 활동하던 농민 부대는 본래 적군 탈주병과 몰락 농민들로 구성된 허술한 집단에 불과했지만, '녹색군'이라 불리기 시작하면서 점차 그 일대를 장악하는 큰 세력으로 성장한다. 그들은 주로 볼셰비키와 소비에트 관리들을 살해하고 철도역과 곡물 집산지를 점령했는데, 이에 맞서 1920년 12월 레닌은 '비적 퇴치 위원회'를 조직해 무자비한 진압에 나서게 된다.

한편 사빈코프는 소비에트-폴란드 전쟁(1920)이 발발하자 바르샤바에서 폴란드 대통령인 피우수트스키의 보호 아래 '러시아 정치 위원회'를 조직해서 반볼셰비키 투쟁을 벌이기도 한다. 그러나 1921년 전쟁이 종식되면서 사빈코프는 소비에트의 요구에 의해 폴란드에서 추방된다. 그 이후 해외에서 계속 반볼셰비키 운동을 펼치다 임무를 위해 소련에 잠입했던 사빈코프는 1924년 민스크(현재 벨라루스의 수도)에서 체포됐다. 『검은 말』은 1923년 파리에 있을 때 저술된 것으로, 1917년 이후 백군과 녹색군, 반볼셰비키 지하 단체에서 활동하던 시기를 그리고 있다.

사빈코프는 1924년 8월 29일 소련 최고 재판소 군사위원회에서 사형을 언도받았지만 다시 10년 징역으로 감형됐다. 그리고 1925년 5월 감옥 안에서 최후를 맞이하게 된다. '공식' 문서에는 사빈코프가 자신의 '죄'를 참회하고 반혁명 활동을 자제하라는 글을 남겼으며 사인死因은 자살이라고 기록되어 있다. 그러나 작가 솔제니친의 조사에 따르면, 2층에서 누군가 세게 미는 바람에 루뱐카 감옥 안뜰로 떨어져 죽었다고 한다. 당시 숙청된 많은 인사들이 '자살'로 기록됐다는 점을 감안하면 훨씬 설득력 있는 사인이다. 한편 탈옥해서 달아나다가 총살당했다는 설도 있다.

사빈코프는 끝없이 세상을 방랑하며 온갖 모험을 겪는 모험소설의 주인공 같다. 마르크스주의, 인민주의, 애국주의, 반볼셰비즘 등 그가 넘나든 이념의 여정 역시 마치 유랑하듯 떠돈 그의 삶을 닮아 있다. 과연 이것이 변덕스러운 그의 성향 때문일까, 아니면 '삶과 죽음의 경계를 오가는 긴장' 속에서 쾌락을 추구하는 모험적 성향 때문일까?

그러나 그의 삶의 여정을 죽 따라가다 보면, 생명수를 향한 갈급함에 허덕이는 한 영혼을 만날 수 있다. 진리에 대한 갈망, 혁명의 이상을 지키고 싶어 하는 순수성……. 물론 혁명은 순수하지 않았다. 혁명의 과정은 매 순간 자신의 행위가 옳은지 질문해야 할 만큼 혼란스럽게 진행됐다. 그의 내면은 고뇌와 허무감으로 지칠 대로 지쳐 있었다. 그러나 그는 동시대의 다른 지식인과 달랐다. 상처 입은 영혼을 견고한 육체 속에 가두고, 지금 당장 해야 할 일, 할 수 있는 일을 끊임없이 찾아냈던 것이다. 그래서일까, 백군과 연합할 때조차, 외국 세력과 손잡을 때조차 그의 영혼에선 음모와 타협의 더러운 악취가 나지 않는다.

사빈코프가 롭신이란 새로운 자아를 마주 보며 산 이유도 바로 여기에 있을 것이다. 지치지 않고 주도면밀하게 혁명을 향해 나아가는 전사로서의 삶, 이것이야말로 사빈코프라는 이름이 짊어지고 가야 할 '공식적' 삶이었다. 대신 그의 입으로 말할 수 없는 혼돈과 모호함과 좌절과 냉소는 롭신이란 이름을 통해 '비공식적'으로 공존했던 것이다.

3. 『검은 말』에 대하여

>……그리고 보니 검은 말 한 필이 있고 그 위에 탄 사람은 손에 저울을 들고 있었습니다.
>
>(요한의 묵시록 6:5)

>그러나 자기 형제를 미워하는 자는 어둠 속에 있으며 어둠 속에서 살아가기 때문에 그 눈이 어둠에 가려져서 자기가 어디로 가는지 알지 못합니다.
>
>(요한의 첫째 편지 2:11)

이 두 제사는 소설이 던지는 화두와 주인공의 심리를 간결하고도 강렬하게 표현해 준다. 검은 말, 죄악으로 가득한 이 땅에 신의 진리와 정의를 가져올 전령……. 바로 유리 니콜라예비치가 백군, 녹색군, '반혁명분자'를 넘나들며 찾아 헤매던 진리의 상징이다. 그리고 두 번째 제사는 진리를 찾아 나선 방랑 속에서 신물이 나도록 보게 되는 무지와 폭력성이다.

물론 두 제사가 소설의 큰 축을 기둥처럼 받치고 있긴 하지만, 그 두 기둥 사이를 겹겹이 채우고 있는 의미의 층들은 그다지 단순하지 않다. 우선 '일기'라는 형식은 인물의 의식과 무의식, 의지와 본능, 의미와 무의미를 동시에 폭발시키는 '혼돈의 미'를 지닌다. 그리고 작중인물이 그 어떤 장르에서보다 많은 '자유'를 소유하기 때문에 '혼돈의 미'는 평면적인 단순함으로서가 아니라 몇 겹으로 둘러싸인 3차원의 구성물로 존재한다. 그러나 이런 일기 특유의 '혼돈' 속에서도, 주인공의 활동 공간(백군, 녹색군, 모스크바 지하조직)에 따라 일기를 세 부분으로 나누어 펼치는 형식미가 돋보인다.

한편 이 3부작 일기는 시간적으로 '겨울-여름-겨울'로 이어진다. 그런데 백군의 이미지와 볼셰비키의 이미지를 황량한 겨울 이미지와 나란히 배치한 반면 녹색군의 이미지는 녹음이 가장 우거지고 생명력 넘치는 여름 이미지와 함께 배치한 점에서 치밀하게 의도된 상징성을 느낄 수 있다. 더욱이 녹색군 시절에 만난 그루샤라는 농촌 여인의 생동적이고 관능적인 이미지는, 여름이라는 시간적 배경이 없었다면 굉장히 밋밋해지고 말았을 것이다.

한편 『검은 말』과 『창백한 말』은 연작 같은 인상을 준다. 일기 형식, 주인공의 '조지'라는 가명, 두 작품에서 반복되어 인용되는 문구, '바냐'처럼 공통으로 언급되는 사람. 마치 『창백한 말』의 조지가 차르 경찰의 추격을 피해 어딘가 숨어 있다가 몇 년 후 러시아 내전의 한가운데로 다시 나타난 것 같다고나 할까?

'창백한 말'은 사망을 뜻한다. 세르게이 알렉산드로비치 대공의 암살 사건을 소재로 한 이 소설은 죽음을 집행하는 자에 대해 말하고 있다. "'당신의 낫을 휘둘러 거두소서. 땅의 곡식이 다 익어 거둘 때가 이르렀음이니이다.' 우리 편이 아닌 자들을 베어 들일 시기가 왔다."[1]

주인공 조지와 그의 동지들에겐 '우리'와 '그들'의 경계가 뚜렷하다. 다만 민중에 대한 사랑, 그 사랑이란 이름으로 한 생명을 죽이는 것이 올바른가에 대한 고뇌가 이 테러리스트들의 가슴을 옥죌 뿐이다. 사랑이란 이름으로 행한다 하더라도, 그것이 인

---

1 보리스 사빈코프, 정보라 옮김, 『창백한 말』, 빛소굴, 2025, 109-110쪽.

간 세상에서 정의가 된다 하더라도 신 앞에서 살인의 죄는 무겁다. 그리고 그것을 알면서도 그들은 형제를 위해 자신의 영혼까지 내어놓는다. 그러나 조지는 되묻는다. 민중애로써 행해진 살인과 개인의 치정 관계에서 비롯된 살인이 무엇이 다른지, 누가 살인의 경계와 차이를 말할 수 있는지…….

그러나 『검은 말』의 주인공은 『창백한 말』보다 몇 겹이나 복잡한 상황에 놓여 있다. 테러는 보다 개인적인 차원에서 이루어지지만, 전쟁은 집단적인 차원에서 이루어진다. 테러리스트는 개인의 정의와 선택에 대해 고민하면 그만이지만, 전쟁에선 대부분이 개인의 의지와 무관하게 흘러간다. 그래서 유리 니콜라예비치의 고뇌와 허무감은 그 무게감이 더 크다. 『검은 말』에는 『창백한 말』에서 그나마 희미하게 반짝이던 '우리'의 경계마저 사라지고 없다. 백군이나 코미사르나 녹색군이나 모두 한통속이다. 저마다 제 지갑 채울 생각만 한다. '새벽별처럼 빛나는' 이상은 사라진 지 오래다. 유리는 끊임없이 묻는다.

> 우리의 육화된 말씀은 어디에 있는가? 우리의 진리는, 우리 하느님의 은총은 어디에 있는가?
>
> (12월 8일의 일기에서)

선악의 기준이 되었던 민중애는 민중의 실체를 직면하면서 무참하게 깨진다. '신의 체현자'라는 민중은 기만을 일삼는다. 민중의 한 사람인 폐쟈는 '우리는 그저 자기만 생각하거든요'(7월 30일의 일기에서)라고 말한다. 백군에 있든 녹색군에 있든 눈에 보이는 것은 약탈과 살인과 도둑질과 증오뿐이다. 유리 니콜라예비치의 귓가에 끊임없이 떠도는 노랫가락……. "네 루바시카 속의 이가 너에게 '넌 벼룩이야'라고 외치면, 거리로 나가. 그리고 죽여버려!"(11월 9일의 일기에서) 유리 니콜라예비치의 마음은 자신들이 목숨 걸고 싸우는 이 전쟁이 겨우 빈대들의 싸움에 불과한 게 아닐까, 정의니 러시아니 운운하는 자신도 사실은 빈대에 지나지 않은 건 아닐까 하는 두려움으로 가득 차 있다.

그러면서도 농민과 병사 들을 바라보는 유리 니콜라예비치의 시선에는 때로 따뜻함과 유머가 배어 있다. 녹색군으로서 숲에 숨어 지낼 때는, 이 '푸른 옷의 형제들'도 셔우드 숲의 로빈 후드와 의적들처럼 단순한 기쁨을 누린다. 국영 농장에서 훔쳐 온 값비싼 다기로 차를 따라 마시며 여자들 얘기에 이야기꽃을 피우기도 하고, 도박판을 벌이며 웃음을 터뜨리기도 한다. 어제 제 동료를 나무에 매달아 태워 죽였던 인간이 오늘은 길에서 주운 새끼 강아지의 걸음 하나하나에 환호성을 지른다. 한편으로는 사랑하는 가족들의 죽음으로 가슴 한구석에 깊은 증오와 슬픔을 간직한 이들이기도 하다. 이념에 따라 칼같이 구분되는 그런 집단이 아니라, 오직 생존에 대한 강한 욕구로 시시각각 다른 모습을 보여주는 '인간'인 것이다.

인간과 세상에 지친 유리 니콜라예비치가 괴리감을 느끼지 않는 곳은 유일하게 자연뿐이다. 그래서일까, 회화성이 돋보이는 아름다운 자연 묘사는 피비린내 나는 전장 속에서 더욱 빛을 발한다.

한편, 유리 니콜라예비치가 진리에 대한 환멸과 민중의 원초적인 생명력에 눈뜨는 과정은 그가 만난 두 여성의 대비를 통해 단적으로 드러난다.

비루하기 짝이 없는 전쟁터를 전전하면서 유리 니콜라예비치는 눈이 쌓여 빛나는 모스크바와 하얀 옷을 입은 올가를 상상하며 간신히 버틴다. 그러나 막상 반볼셰비키 활동을 위해 모스크바에 잠입한 그의 눈에 비친 것은 악취와 요란한 기계 소리를 내뿜는 모스크바의 풍경과 검은 옷을 입은 채 인형처럼 볼셰비키의 강령을 외워대는 올가다.

반면 유리 니콜라예비치가 하얀 옷의 올가를 떠올리며 사랑 없이 안았던 장밋빛 재킷의 그루샤는, 검은 옷의 창백한 올가를 대면한 니콜라예비치의 가슴속에서 죽음을 초월한 생명력을 얻게 된다. 그리고 볼셰비키의 손에 죽은 그루샤의 거침없는 생명력은 악취 나는 모스크바에서조차 건초 향을 뿜으며 그의 곁을 떠돈다.

그는 이 모든 환멸과 허무에도 불구하고 다시 한번 검은 말의 도래를 꿈꾼다. 그는 마지막 일기에서 고백한다.

> 조국은 일어설 것이다. 우리의 피로써 일어서고, 민중의 심연으로부터 일어설 것이다. 우리를 '깃털'이라 불러도 좋다. 거친 비바람이 우리를 '들어 올린다' 해도 좋다. 눈이 멀고 서로를 증오하는 우리는 한 가지 불문율에만 복종할 뿐이다. 그렇다, 우리의 죄를 측량하는 것은 우리가 아니다. 그러나 우리의 작은 희생을 측량하는 것도 우리가 아니다…… '어린 양이 셋째 봉인을 떼셨을 때에 나는 셋째 생물이 "나오너라." 하고 외치는 음성을 들었습니다. 그리고 보니 검은 말 한 필이 있고 그 위에 탄 사람은 손에 저울을 들고 있었습니다.'

해설 – 기나긴 침묵의 세월을 넘어

작가 연보

보리스 빅토로비치 사빈코프(1879-1925)

1879   1월 31일, 러시아 제국 하리코프(현 우크라이나 하르키우)에서 태어남. 아버지 빅토르 미하일로비치는 바르샤바 군사법원의 판사였으며, 어머니 소피야 알렉산드로브나는 언론인이자 극작가로, 셰빌이라는 필명으로 활동했음(어머니는 1908년 아들에 대한 회상록 『슬픔의 세월*Годы скорби*』을 출간함).

1897   상트페테르부르크 대학교 법학부에 입학.

1898   다양한 사회주의 조직의 일원이 됨.

1899   학생 시위에 참여한 혐의로 대학교에서 제적됨. 이후 독일 베를린과 하이델베르크에서 학업을 이어감.
러시아 작가 글레프 우스펜스키Глеб Успенский의 딸 베라 글레보브나 우스펜스카야Вера Глебовна Успенская와 결혼함.
대학교 제적 후 1903년까지 '소치알리스트(사회주의자)' 및 '노동자 깃발' 당원으로 활동함.

1900   아들 빅토르 보리소비치 우스펜스키(사빈코프)Виктор Борисович Успенский 출생(1934년 레닌그라드에서 키로프 암살 사건에 연루되어 인질로 체포당해 같은 해 12월 29일에 사형 선고를 받고 처형. 어머니의 성을 따른 것으로 추정됨).

1901	바르샤바에서 체포되어 페테르부르크 수감시설에서 9개월 투옥됨.
1902	볼로그다로 유배됨. 이곳에서 니콜라이 베르쟈예프Николай Бердяев, 아나톨리 루나차르스키Анатолий Луначарский, 알렉세이 레미조프Алексей Ремизов 등 저명한 러시아 지식인들과 교류함. 특히 레미조프는 이후로도 사빈코프의 원고를 보고 조언을 건네주며 글 선생이 되어주었음. 딸 타티야나 보리소브나 우스펜스카야-보리소바(사빈코프)Татьяна Борисовна Успенская-Борисова 출생. 「망인의 그림자Теням умерших」(1902. 익명으로 출간)라는 단편을 통해 문단에 첫발을 들여놓음. 초기 단편들은 폴란드의 시인이자 소설가 스타니스와프 프시비셉스키Станислав Пшибышевский의 영향을 받았음. 이 시기의 작품들은 혁명가로서의 삶에 대한 회의와 도덕적 갈등을 주제로 함.
1903	6월 볼로그다 유배지에서 탈출하여 제네바로 망명. 사회혁명당Партия социалистов-революционеров에 가입하고, 그 산하 무장조직인 투쟁조직Боевая организация의 부책임자로 활동.
1904	7월 15일, 내무장관 뱌체슬라프 플레베Вячеслав Плеве를 암살하는 작전에 참여.
1905	2월 17일, 모스크바 총독 세르게이 알렉산드로비치 대공Великий князь Сергей Александрович 암살에 관여. 이후 체포되어 사형을 선고받았으나, 세바스토폴 감옥에서 탈출하여 해외로 망명. 자신이 테러 활동을 하며 직접 관여했던 주요 암살 작전과 혁명 동지들과의 관계를 상세히 서술한 자전적 기록인 『테러리스트의 수기Воспоминания террориста』 집필을 시작함.
1906	투쟁조직의 책임자로 승진했으나, 조직은 약화되어 실질적

인 활동은 감소함. 당 동지의 밀고로 체포된 후 감옥을 탈출하여 파리로 떠남.

1907 프랑스 파리에서 시인 드미트리 메레시콥스키Дмитрий Мережковский와 그의 부인 지나이다 기피우스Зинаида Гиппиус를 만나 그들의 영향으로 『창백한 말Конь бледный』 집필을 시작함.

1908 테러리스트 레프 질베르베르그의 여동생인 예브게니야 이바노브나 질베르베르그Евгения Ивановна Зильберберг와 두 번째 결혼.

1909 혁명가의 내면적 갈등과 도덕적 딜레마를 다루며, 니체적 인간상과 종교적 상징을 결합한 자전적 소설 『창백한 말』을 'V. 롭신B. Ропшин'이라는 필명으로 출간.

1912 아들 레프 보리소비치 사빈코프Лев Борисович Савинков 출생(시인이자 소설가, 언론인으로 활동했으며, 스페인내전 당시 공화파 군대 대위로 참전했고 제2차 세계대전 중에는 프랑스 레지스탕스에서 활동했음).

1914 제1차 세계대전 발발 후 프랑스군에 자원입대. 러시아 모스크바에서 소설 『없었던 일То, чего не было』 출간.

1917 2월 혁명 이후 러시아로 귀국하여 임시정부의 제7군 및 남서전선 군사위원으로 임명됨. 7월에는 알렉산드르 케렌스키Александр Керенский의 지명으로 국방 차관으로 임명됨. 8월, 라브르 코르닐로프Лавр Корнилов 장군의 쿠데타 시도에 연루되어 임시정부에서 해임되고, 사회혁명당에서도 제명됨. 1918년까지 러시아 잡지 『빌로에Былое』에 『테러리스트의 수기』를 연재함.

1918 반反볼셰비키 지하조직인 '자유와 조국 수호 연맹Союз защиты

	Родины и Свободы'을 조직하여 야로슬라블, 리빈스크, 무롬 등지에서 반란을 시도했으나 실패. 프랑스로 돌아간 그는 그곳의 여러 러시아 망명 사회 내에서 다양한 직책을 맡았음.
1920-1921	폴란드-소련 전쟁 기간 동안 폴란드에서 러시아 포로들을 중심으로 군사조직을 구성하려 시도함. 볼셰비키 정권에 대한 강력한 반대 입장을 표명하며 소련의 폴란드 침공에 반대하는 논조의 신문 『자유를 위하여!*За свободу!*』를 발행함. 그러나 전쟁이 종료되면서 폴란드 당국에 의해 추방됨.
1923	프랑스 파리에서, 백군과 녹색군, 반볼셰비키 지하단체에서 활동하던 시기를 그린 소설 『검은 말*Конь вороной*』 집필.
1924	소련 비밀경찰 OGPU의 '트러스트 작전'에 속아 소련으로 귀국했다가 민스크에서 체포됨. 소련 대법원은 8월 29일 사빈코프에게 사형을 선고했지만 소련의 전러시아 중앙집행위원회Всероссийский Центральный Исполнительный Комитет가 징역 10년형으로 변경함. 소련 레닌그라드와 모스크바에서 동시에 소설 『검은 말』 출간. 모스크바 루뱐카 감옥에서 마지막 작품 『감옥에서*В тюрьме*』 집필.
1925	5월 7일, 루뱐카 감옥에서 사망. 공식적으로는 투신자살로 발표되었으나, 작가 솔제니친의 조사에 따르면 2층에서 누군가 세게 미는 바람에 감옥 안뜰에 떨어져 죽었다고 하는 등, 타살설도 존재함.
1931	프랑스 파리에서 사빈코프의 시집 『시의 책*Книга стихов*』이 사빈코프와 오랜 친분이 있었던 러시아 상징주의 작가 지나이다 기피우스의 편집으로 출간됨.

검은 말

초판 인쇄	2025. 8. 22.
초판 발행	2025. 8. 29.
저자	보리스 빅토로비치 사빈코프
역자	연진희
편집	강지수
발행인	이재희
출판사	빛소굴
출판 등록	제251002021000011호(2021. 1. 19.)
팩스	0504 – 011 – 3094
전화	070 – 4900 – 3094
ISBN	979 – 11 – 93635 – 52 – 0(04800)
	979 – 11 – 93635 – 25 – 4(세트)
이메일	bitsogul@gmail.com
주소	경기도 고양시 덕양구 꽃마을로 66 한일미디어타워 1430호
SNS 　인스타그램	instagram.com/bitsogul
X(트위터)	x.com/bitsogul
네이버 블로그	blog.naver.com/bitsogul

빛소굴 세계문학전집 목록

1   바질 이야기   소설집   F. 스콧 피츠제럴드 지음 · 이영아 옮김
2   닉 애덤스 이야기   소설집   어니스트 헤밍웨이 지음 · 이영아 옮김
3   방앗간 공격   소설집   에밀 졸라 지음 · 유기환 옮김
4   성   장편소설   프란츠 카프카 지음 · 강두식 옮김
5   도리언 그레이의 초상   장편소설   오스카 와일드 지음 · 이근삼 옮김
6·7   위대한 유산 1·2   장편소설   찰스 디킨스 지음 · 이세순 옮김
8   오만과 편견   장편소설   제인 오스틴 지음 · 김지선 옮김
9   창백한 말   중편소설   보리스 사빈코프 지음 · 정보라 옮김
10   검은 말   중편소설   보리스 사빈코프 지음 · 연진희 옮김
11   테러리스트의 수기   회고록   보리스 사빈코프 지음 · 정보라 옮김